KB046186

아름다운 이 나라 역사를 만든 여성들

seestarbooks 016

아름다운 이 나라 역사를
만든 여성들

−한국여성詩史

홍찬선

스타북스

한국 역사는 여성의 역사입니다. 여성이 없는 역사는
존재하지 않습니다. 역사의 문이 열리면 바로 여성이
등장합니다. 웅녀가 그렇고 이브가 그렇습니다. 여성이 역할을
제대로 할 수 있을 때 우리는 번영했습니다.

『아름다운 이 나라 역사를 만든 여성들』(한국여성 詩史)는
빛나는 문화를 만들어 낸 여성들의 삶을 시로 소개합니다.
어려운 여건에서도 환경을 탓하지 않고 불가능을 가능으로
만든 훌륭한 분들을 알림으로써 힘든 현실을 이겨내고 밝은
미래를 준비하자는 뜻입니다.

'여원뉴스'의 김재원 회장이 아이디어를 내시고,
'여원뉴스'에 연재할 수 있는 기회를 주셨습니다. 김 회장의
조언과 도움이 있었기에 가능한 일이었습니다. 이 자리를 빌려
감사의 말씀을 드립니다.

지난 2020년은 코로나19에 도둑맞은 한 해였습니다. 1차
2차 3차 유행으로 사회적 거리두기가 강요되면서 사람 만나는
것을 꺼려야 했습니다. 한 번도 경험하지 못한 일이었습니다.

푹푹 찌는 찜통더위 속에서도 마스크를 써야 했고, 일자리를 잃은 사람들과 문을 닫아야 하는 자영업자들이 늘어났습니다. 신축년辛丑年 봄도 여전히 강도당하고 있지만, 머지않아 이겨낼 것으로 믿습니다.

　　코로나의 고통 속에서 매주 월요일과 목요일에 '한국여성詩史'를 연재하는 것이 쉽지 않았으나, 코로나를 이겨내자는 희망을 안고 열심히 썼습니다. 독자 여러분들의 많은 사랑과 질정叱正을 부탁드립니다. 감사합니다.

신축년 춘삼월
덕산德山

아직도 피압박 불평등 계급으로 살고 있는 이나라 여성들을 위하여

'한국여성 詩史'와 홍찬선의 산문적 메타포어

김재원 시인, '여원뉴스' 회장

홍찬선 시인이 '자유민주시인상'을 받은 시「판사는 베를린에 있다」를 읽으며, 필자는 문득 1950년대 중반(1956년)에 김춘수의 시「부다페스트에서의 소녀의 죽음」을 연상했다. 김춘수의「부다페스트…」는 이렇게 시작된다.

다뉴브강에 살얼음이 지는 동구(東歐)의 첫겨울
가로수 잎이 하나 둘 떨어져 딩구는 황혼 무렵
느닷없이 날아온 수 발의 소련제 탄환은
땅바닥에
쥐새끼보다도 초라한 모양으로 소녀를 쓰러뜨렸다

소련에 맞선 1956년의 부다페스트의 저항은, 자유당 독재에 신음하던 이 나라 젊은이들의 가슴에 불을 지르기도 했다. 홍찬선도「판사는 베를린에 있다」에서 자유의 실종을 노래했다.

판사는 베를린에 있고

시인은 서울에서 산다

시민의 권리는 왕의 월권보다
앞서 보호받아야 하는 것
근심 없는 사람이 누리는
궁전의 아름다운 전망을 위해
하루하루 온 힘을 다해 사는
사람들의 삶의 터전을 없앨 수 없다
—홍찬선 「판사는 베를린에 있다」일부

   홍찬선의 시에서는 신문 냄새가 많이 난다. 시에서 발견되는
신문은, 때로 메타포어의 빈곤이라는 평가도 있지만, 신문은
그에게 있어 '생애'이기도 했다. 30여 년의 기자생활은 그의
신문을 무르익게 하고 테크니컬하게 했다. 그래서 그의 시에
풍기는 신문의 체취는 없앨 수도 감출 수도 없다. 오히려 그의
시의 흐름이기도 한 신문정신은, 다른 시인이 흉내 내거나
소유하기 힘든 홍찬선 특유의 '인스피레이션 전달방식'이
되기도 한다.

   홍찬선이 지난 1월까지 인터넷신문 '여원뉴스'에 연재한
'한국여성詩史'는 보기 드문 기획과 작가의 취재정신, 그리고
역사의식 등이 어우러져, 뜨거운 감명을 이 나라 여성들의

가슴에 심어 주었다. '한국여성詩史'는 우리나라 여성 역사에
남아 있는 이름들을 호명하여, 다시 한 번 현대사의 전면에
내세워, 아직도 피압박계급처럼 되어 있는 이 나라 여성들의
입지를 개선하려는 몸부림이기도 했다.

　평생을, 인생 전부를, 아니 목숨까지도 아깝지 않아했을
앞선 여성들의 생애를 시로 엮어 세상에 내보냈던
'한국여성詩史'는, 시로 써내려 간 새로운 형식의 역사
서술이었다. 그 새로운 시도가 한 권의 시집으로 엮어지는
데 대한 감회가, 필자에게 유달리 깊으리라는 것은,
'한국여성詩史'에 등장하는 한 사람 한 사람의 연고지에 직접
찾아가 그 숨결을 찾으려는 홍찬선의 열의와 현장 에스프리를
목격했기 때문이다. 이 나라 많은 시인들에게서 찾아보기 힘든,
홍찬선 고유의 '생존방식'이라면 처절해지지만, 홍찬선의 문학
전개 방법론이라고 이름 붙이면 그럴듯해진다.

　'한국여성詩史'가 기록된 역사에 영향을 끼친 여성들을
시로 호명한 서사시 분야라면, 현재 그가 새롭게 '여원뉴스'에
집필하고 있는 '한국여성詩來'는 생존해 있는, 영향력 있는
여성들을 불러내어, 미래사에 남을 만한 인물이 되어 달라는
간곡한 역사적 당부이기도 하다.

　현존하는 한국 작가들 가운데, 아니 언론인을 포함하여,
글을 쓰는 모든 문학 종사자들을 포함하여, 그 가운데서 가장

다양한 장르를 넘나드는 자유분방한 홍찬선의 필치는, 때로는 천둥 치듯 시대를 흔들고, 때로는 잔잔한 피아노 소나타처럼 가슴께로 흐른다.

시, 소설, 희곡 등 장르를 넘나드는 홍찬선의 문학적 월경越境은 새로운 문학사적 시도라는 평가도 나오고 있다. '여원뉴스'는 30년 경력의, 이 전직 언론인이며 현역 작가이고 시인인 홍찬선의 '한국여성詩史'가 책으로 엮여져 나오는 것을 독자들과 함께, 가슴 두근거리며 기다리고 있다.

"살아 있는 분들의 궤적을 시로 쓴다는 건, 정말 쉬운 일이 아니다. 그냥 산문이라면 서술하면 되고, 시라면 이미지와 인스피레이션이 극한적으로 동원되면 가능하지만, 살아 있는 주인공이 이룩한 사실과 그 업적을 그린다는 것이 쉬운 일이 아니다. '여원뉴스'의 기획이 하도 좋아서 집필에 응하기는 했지만… 기자 시절, 어떤 일에든 두려움이나 망설임이 없었는데 '한국여성詩來'는 많이 긴장된다."는 홍찬선의 엄살을 이 시집의 독자들께 귀띔해 드리는 이유는, 앞으로 홍찬선의 많은 글에서 알게 될 것이기 때문이다.

2021년 꽃이 지기 시작하는 봄날에

차례

1. 새 세상을 향하여

2. 잘못된 세상을 박차고

3. 이 한 몸 불살라

4. 그날이 올 때까지

서시

씨 뿌린 사람들이 있다
엄동설한 속에서도 새봄 온다는 것 의심하지 않고
칠년대한 목마름도 단비로 끝난다는 것 굳게 믿으며
손과 발 얼어터지고 몸과 마음 멍투성이 되도록
꿋꿋하게 씨 뿌린 사람들이 많다

처음에 뿌린 씨는
단단한 바위벽에 부딪쳐 산화했고
다음에 뿌린 씨도
벽에 흠집 냈지만 싹을 틔우지 못했으며
봄과 여름이 지나고
언제 끝날지 모르는 모진 겨울이 닥쳤다

하늘과 땅과 사람은 멈추지 않았다
다음이 다음을 낳고 다음이 다음을 이어
씨는 싹을 틔우고 꽃을 활짝 피웠다
새로운 길이 밝게 열렸고
피와 땀 앞에 바위벽도 무너졌다

소서노 허난설헌 박에스터는
첫 씨를 뿌린 사람이었고
임윤지당 백선행 최용신은
다음 다음 다음 씨를 뿌렸으며
이태영 박경리 이용수는

싹을 틔우고 새로운 길 열었다
바위벽을 상대로 씨 뿌리고
바위벽을 깨뜨리고 새 길 연 그분들
손가락질을 온몸으로 견뎌낸 그분들이 있어
우리의 길이 넓어지고 우리의 삶이 밝아졌다

비겁이다
다 지나간 뒷날의 후견지명으로
벽 부수기에 나선 이들을 폄하하는 건

폭력이다
달콤하게 익은 열매 따 먹으면서
기득권 잣대로 재단하는 건

죄악이다
새로운 역사의 씨앗 뿌린 그분들의 삶을
뒤틀고 파묻어 잊도록 하는 건

아직도 씨 뿌려야 할 곳이 많다
그분들의 무궁화 정신이 그립다
그분들의 잊힌 선공후사 얼을 되살리고
벽 깨고 씨 뿌린 사람들의 용기가 절실하다

1 / 새 세상을 향하여

고구려와 백제를 세우다
－소서노[1]

대한민국의 21세기 앞날을 묻거든
조선상고사를 펴고 소서노를 보게 하라[2]

현실에 안주하지 않고
재력과 담력을 지혜로 버무려
나라를 두 번이나 세워 경영한
소서노의 창업정신과 솔선수범을
온몸으로 본받게 하라

한 번은 운이 좋았다
돈 많은 아버지를 만난 덕분으로
뜻 높은 추모鄒牟와 함께 고구려를 세웠다

두 아들 남기고 남편이 죽어
젊은 나이에 과부가 되었지만
슬퍼하거나 좌절하지 않았다

오로지 앞만 바라보았다
어려움을 겪고 있는 사람들은
각자 갖고 있는 장점을 합해
혼자 할 때보다 훨씬 더 좋은

결과를 만들어 낼 수 있다는 것

꿰뚫어 보았다
믿었다
의심하지 않았다

피는 물보다 진하다는
현실을 만나서도 분노하지 않았다
담담하게 받아들이고 당당하게 나눴다
줄 것은 주고, 받을 것은 받아
두 아들과 새 터전을 찾아 나섰다[3]

두 번째는 스스로 운을 만들었다
운명運命은 하늘에서 받은 명命을
내가 운運전해서 나의 삶을 만드는 것
두 아들에게 기대거나 맡기지 않고
앞장서서 백제를 건국했다

쉬운 일은 아니었다
이 세상에 임자 없는 땅도, 공짜도 없었다
낙랑이 차지하고 있는 곳을 지날 때는 통행세를 내고

마한 땅에서 나라를 일구려니 세금을 받쳐야 했다
좋은 사냥물과 맛난 곡식을 뇌물도 보내야 했고,

추모왕과 나눈 재력이 도움이 됐다
비류와 온조, 두 아들의 담력을 빌렸다
오간 마려 등 열여덟 신하의 지혜도 뭉쳤다
모든 사람들에게 평등한 기회를 주고
공정과 정의로 백성들의 협력을 끌어냈다

연타발延陀渤의 세 딸 중 둘째로 태어나
우태優台와 결혼해 두 아들을 낳은 뒤
추모와 두 번째 결혼으로 고구려 건국하고
남쪽 한강으로 내려와 두 번째로 백제 세워
예순 하나에 두 번째 삶 살러 하늘로 돌아갔다

넘치지도 모자라지도 않고 꽉 차게
욕심 부리지도 버리지도 않은 중용으로
칠백 년 사직의 기틀을 튼튼히 다진 그 사람
대한민국 앞날이 궁금한 사람 있거든
김부식이 쏙 빼먹은 소서노를 알게 하라

왜, 이팔청춘에 산 채로 죽었나
−송현이[4]

역사는 글자로 기록된 것만이 아니다
말은 하지 못해도
스스로 기록할 수는 없어도
누군가 대신 써주지 않아도
온몸으로 있는 것 그대로 보여주는
생생한 역사가 펼쳐진다

송. 현. 이.
열여섯 이팔청춘 가야소녀는
이도령과 한창 사랑을 속삭일 나이에
천오백년 전 그날 비화非火가야에서
일어난 일 온 몸으로 증거 하려고
살은 흙으로 바뀌고 뼈는 그대로 남아
시간 건너뛰어 되살아났다

경상남도 창녕군 창녕읍이
한 눈에 내려다보이는 화왕산 기슭에 자리 잡은[5]
비화가야 시대의 교동과 송현동 고분에서
일제강점기 때 야만적인 도굴과 약탈을 피해[6]
고스란히 살아남았다
일제가 그날 저지른 만행을 고발하고

비화가야 때 저질러진 순장을 경고하려는 듯

키가 153.5cm로 작지 않았던
송현이는 목이 길고 허리는 잘록하며
넓고 평평한 얼굴에 금동 귀걸이를 하고
그날 웃으며 죽었을 것이다
모시던 사람이 저 세상으로 떠났으니
함께 가야 하는 그 시대 법에 따라
반듯하게 누워 죽음을 받아들였을 것이다

내 비록 이렇게 웃으며 떠나지만
이런 생죽음의 나쁜 관습은 반드시
없어질 것을 믿으며
아주 먼 옛날엔 주인 따라 죽어
함께 묻히는 순장殉葬이 있었다는 것
알려주려 썩어 없어지는 것 막았을 것이다
물이 스며들고 곰팡이가 집요하게 파고드는 것
굳센 뜻으로 견뎌냈을 것이다

거듭나는 부활이 이런 것이었다
창녕 송현동 15호분 석실 안에서 발견된
여성 뼈를 바탕으로 송현이가 되살아났다
고고학 법의학 해부학 유전학 조형학 물리학…
전문가의 지식과 비화가야 후손들의 간절함이
삶이 무엇인지 죽음이 무슨 뜻인지

알지 못한 채 갑작스럽게 죽은
송현이를 살려내는 기적을 만들었다

이 세상 모든 악을 순화시킬 듯
맑고 깊은 두 눈동자에
얼굴 균형을 바르게 잡아주며
오뚝하게 솟은 코
금세라도 그날의 비밀을 털어놓을 듯
지긋이 다문 입술
모든 사람들의 아픔 다 보듬으려고
넓게 자리 잡은 이마

그날 웃으며 죽었을 가야소녀는
천오백년의 시간을 훌쩍 뛰어
비사국 삶을 홀로그램보다 선명하게
온 몸으로 보여주고 있다

역사는 글자로 쓰인 것만이 아니라
누군가 대신 기록하지 않아도
스스로 전할 수 있다는 것
박테리아도 이겨낸 굳센 뜻으로
알려주고 있다

세 가지 지혜로 남자들을 휘어잡았다
—선덕여왕⁷⁾

기회는 잡는 사람의 것이다
바람처럼 다가왔다 쏜살같이 달아나는
기회도 꽉 움켜쥐면 내 것이다
여자라고 해서 다가오는 기회를
거부하지 않았다
손을 뻗어 꽉 잡았다

가시 밭 길이었다
여자로서 신라왕이 된다는 건 모험이었다
남자들이 쳐 놓은 그물과 멍에를 벗어야 했다
백제와 고구려, 왜의 도전이 끊이지 않았다
여왕이라 이웃나라가 깔본다는 모욕도 참아야 했다⁸⁾

덕만은 꺾이지 않았다
두 사람과 세 번 결혼으로도 풀지 못한 어려운 정사를
세 가지 일의 기미를 안 지기삼사知機三事의 지혜로⁹⁾
차근차근 해결했다. 분황사를 짓고, 첨성대를 만들었다
황룡사 9층목탑을 세워 이웃나라의 업신여김을 갚았다

하루도 편한 날이 없었다
여왕으로 즉위한 지 16년 되는 해 정월

믿었던 상대등 비담과 염종이 반란을 일으켰다
난은 평정했지만 놀란 가슴은 진정되지 않았다
뚜렷한 이유를 남기지 않고 목숨을 앗아갔다

낭산狼山의 남쪽 도리천忉利天에 있는
왕릉은 여왕의 삶을 반영하듯 쓸쓸했다
덩치는 크되 부실한 잔디에 잡초가 무성했다
선덕왕릉이라고 알려주는 조그만 안내판과
필부의 묘비보다도 작은 비석이 초라했다

죽은 사람은 말이 없고
공자도 모르는 남존여비 이데올로기에 찌든
남자들은 덕만의 여왕 됨됨을 깎아 내렸다
여자가 왕이 된 신라가 난세에 망하지 않은 것은
행운이었다는 비아냥까지 받았다[10]

운명처럼 다가온 기회를 거부하지 않았고
난세의 여왕으로 신라중흥의 기틀을 닦았으되
여자로서는 죽은 뒤에도 부당하게 대우받았다
통일 같지 않은 삼국통일의 공은
김춘추와 김유신, 양김에게 쏟아졌다

세계 최초로 태교 책을 썼다
—이사주당[11]

스승의 가르침 10년이
엄마 뱃속 교육 열 달만 못하고
엄마의 열 달 교육이
아버지가 잉태시키는 하루 삼감만 못하다

사람은 엄마 뱃속에서 잉태됐을 때
누구나 하늘로부터 똑같은 천품을 받는다
뱃속에서 열 달 동안 좋고 나쁜 품성이
만들어진다 네 번 시험해봤는데
자식들이 크게 잘못되지 않았다

아들 하나와 딸 셋을 낳아 기르면서
경험한 일을 혼자만 알지 말고 모두
공유하는 게 좋겠다고 여겨 책을 썼다

옛날 현명한 여인은 임신을 하면 반드시
태교를 하고 몸가짐을 삼갔다고 하는데
모든 책을 봐도 상세한 내용이 없어
고민 고민하다 직접 붓을 들었다

젊었을 때 아이 키우면서 틈틈이 쓴
책을 이십 년이 넘은 예순 두 살 때
막내딸이 갖고 있던 상자 속에서 발견해
더 많은 생각을 보태 새로 완성했다

임종 직전에 자신이 쓴 글을 모두
불태웠으면서도 태교신기만 남겼다
아들 유희가 어머니 글을 10편으로
나눠 주를 달고 한글로 번역했다
엄마와 딸과 아들이 하나가 되어
세계에서 자랑스러운 역사 만들었다

유명한 선비의 어머니 치고
글 못하는 사람이 없었다는 아버지의
격려가 큰 힘이 되었다

내 어머니는 일흔 둘인데
눈이 잘 안 보이고 화를 잘 내시므로
모시기 어려울 것이나 노력해주기 바라오
첫날밤에 걱정스럽게 당부하는 지아비에게

세상에 옳지 않은 부모는 없습니다라고
올바르게 대답한 것도 아버지 가르침이었다
부부는 30년 동안 서로 깊은 이치를 토론하고
성정을 읊으며 서로 알고 알아주는 벗으로서
자식 넷을 훌륭하게 키워냈다
좋은 책은 보너스였다

학문적으로는 물론 삶 자체가
여성이 주체적이기 어려웠던 조선시대에도
세계에서 가장 먼저 태교 교과서를 쓴
여성 선각자가 있었으되 신사임당에 밀려,
여성을 낮게 평가하는
남성우위 이데올로기 때문에 잠자고 있었다

어둠이 무서운 건
눈으로 볼 수 없는 두려움 때문,
무지가 무섭고 편견이 더 살 떨리는 건
뭐가 뭔지도 모르면서
알려고도 보려고도 하지 않는 탓,
빛이 없으니 귓구멍만 잔뜩 부풀어 오르고
어둠이 깊어가니 패거리 부화뇌동만 늘어간다

풀벌레가 밤이 다가오는 초저녁부터 우는 건
혼자 있기 무서우니 함께 있자며 벗 부르는 것

어둠 내리는 숲은
밝음이 믿음이란 것
함께 하는 게 두려움을 줄인다는 것
알려주는 큰 스승이다

아기는 잉태됐을 때부터 사람이다
사람이 제대로 된 사람으로 크려면
사람이 되기 시작할 때부터 올바른
방법으로 똑바로 가르쳐 키워야 한다

어둠 걷어내려는 이사주당의
밝은 소리가 어둠 뚫고
어둠 속에 패거리로 안주하려는
게으름을 채찍질 한다

쓰러지는 나라를 바로 세우려다가
—명성황후[12]

때 묻은 마음에서는 지식이 날조된다[13]
일제에 의해
일제의 사주를 받은 식민사학자들에 의해
한 번 세뇌된 편견과 선입견이란 두 마리 개는
당대 조선의 유일한 남자라고 평가받았던
명성황후를 시아버지와 권력투쟁을 벌인
무능하고 부패하고 인륜을 저버린 낙오자로
일제 군인과 깡패들에게 시해당해 마땅하다며
사실과 다른 소설을 앵무새처럼 되뇌고 있다

집에 강도가 들어 총칼로 주인을 위협하며
안주인을 죽이고 재산까지 빼앗아 주인 됐을 때
나쁜 놈은, 비난받을 놈은, 처벌받아야 할 놈은
파렴치한 강도 놈인가
강도를 물리칠 힘을 제대로 키우지 않고
문단속을 꼼꼼히 하지 못한 주인인가
두말하면 잔소리임에 틀림없는 이 질문이
명성황후에게 주어지면 얼토당토하지 않은
대답이 돌아온다 일제보다 명성황후가 더 잘못했다고…

경복궁 안쪽 건청궁 안의 곤녕합坤寧閤에는

보슬비가 자주 내린다 나풀나풀 거리며 흩뿌린다
을미년 그날, 찬이슬 내리는 한로寒露날 새벽
이토 히로부미와 미우라 고로의 여우사냥 명령받은
미야모토 다케타로 소위가 내리친 군도軍刀에[14]
짐승만도 못한 미친놈들의 천벌 받을 폭력에
사람이라면 절대 할 수 없는 파렴치한 범법에
옥곤루가 떨고 곤녕합이 울고 건청궁이 흐느꼈다[15]
눈도 감지 못한 채 처절하게 떠나야 했던 그 길

돌아올 수 없는 그 길은 살았을 때처럼 험난했다
한 나라의 왕비로서 침략 왜군 하급 장교 칼에
깡패 무뢰한들에게 죽는 것도 어처구니없는데
죽음의 존엄성마저 무참하게 짓밟혔다
시신이 연못에 던져지고 불에 태워지고 버려지듯 묻혔다

그것은 있을 수 없는 야만이었다
그것은 인간이기를 포기한 짐승 짓이었다
그것은 문명의 탈을 쓴 집단 미치광이였다
그것은 시효 없이 단죄돼야 할 반인륜 범죄였다

똑똑한 게 죄라면 죄였다

금수강산 꿀꺽 삼키려는 일제의 야욕 꿰뚫어 보고
청일전쟁으로 강탈했던 만주를 청에 되돌려 주는
삼국간섭을 이끌어 낸 것이 일제를 자극했다

그건 당연한 권리였다 그건 당연한 의무였다
누려야 할 권리 해야 할 의무를 다 한 것뿐이었다
돌아온 건 죽음이었다
돌아온 건 비아냥이었다
돌아온 건 칭찬 아닌 험담이었다

좋은 말 들으려고 한 것은 아니었다
일남삼녀 가운데 하나만 살아남은 외동딸,
남한강 기슭 여주에서 태어나 여덟 살에
아버지마저 여의고 홀어머니와 어려운 삶이었다

국모가 된 건 운명이었다
서세동점의 위기를 이겨내라는 사명이었다
도와줄 사람은 적고 온통 적대세력 뿐이었다
마다하지 않았다 죽음을 알고도 달게 받았다
두 번 죽음도 역사발전의 밑거름으로 여겼다
때 묻은 맘이 지식을 날조한다는 것 증명했다

위자료 받아내고 이혼고백서 쓰다
—나혜석[16]

시대를 앞서 산다는 건
견디기 힘든 비극과 벗 될 각오해야 했다
금강석보다 강하고 고래 힘줄보다 질긴
고정관념을 깨고 뛰어 넘는다는 건
가냘픈 한 인생,
속으로 썩어 문드러지는 삶,
갈기갈기 박살나는 것 견뎌야 했다

식민지 조국의 아픔을 저항했을 것이다
3.1대한독립만세운동으로도 의열단으로도
무너뜨리지 못하고 견고해가는 일제 수탈,
조국 백성의 고통을 모른 체하고
어둠을 더욱 캄캄하게 만드는 친일로
변절해 간 최린을 깨우치려 했을 것이다[17]

말과 몸의 표현이
시대가 받아들일 수 있는 품을
크게 벗어났을 것이다

그 뜻이 제대로 받아들여지지 않았다
아이는 엄마 살점 떼어가는 악마라는 말이[18]
말하기 좋아하는 사람들의 오해를 불러일으켰다
달걀 몇 개로 단단한 바위를 깨뜨리려다
스스로 무너져 내렸다
발버둥 쳐도 버림받았다
그 누구도 하소연에 귀 기울이지 않았다

대한의 남성들아 인형을 원하는가
나는 그대들의 노리개를 거부하오
내 몸 불꽃으로 타올라 한 줌 재 될지언정
언젠가 먼 훗날 우리 후손 여성들은 좀 더
인간다운 삶을 살면서 내 이름을 기억할 것이라고
헛되더라도 믿었을 것이다

억하심정이었을 것이다
21세기 문법으로 부르짖는 절규를
백안시하는 20세기의 닫힌 속물들에게
대한의 첫 여성 서양화가로서
근대적 여성인권을 높이려 한 몸부림이었을 것이다

넘치는 재능과 에너지를
절제하는 건 비겁함이란 생각이[19]

거침없는 언행으로 쏟아졌다

아직 깨어나지 않은 조국에서 돌아온 건

행려병자로 긴 삶 짧게 끝낸 것이었다

죽는다고 모든 게 끝난 것은 아니었다

시대를 앞서가면서 겪은 외로움은

본뜻과 다르게 남편과 자녀들에게 준 고통은

찾는 사람 아는 사람 별로 없는

나혜석 거리에서 그대로 묻어났다

그의 이름을 기억하는 숫자로

그는 위안을 삼을 수 있을까

언제쯤 그는 두 발 뻗고 잠 잘 수 있을까

몸을 살라 아픈 백성을 살리다
—박에스터[20]

한 사람의 뜻을 이루기 위해선
그 사람의 흔들리지 않는 의지와
옆 사람의 눈물 나는 헌신적 희생과
주위 사람의 손 발 걷고 나서는 도움이
아름다운 인연으로 비빔밥처럼 버무려져야 한다

서울의 가난한 집 셋째 딸로 태어난
김점동은 열한 살 때 아버지 손에 이끌려
이화학당에 입학했고 타고난 부지런함과
무엇이든 배우고자 하는 굳센 열정으로
영어와 병원 일을 차근차근 내 것으로 만들었다

에스터가 된 점동은
언청이를 말끔하게 고쳐놓는 것을 보고
벽을 허물고 의사가 되겠다고 다짐했다
열일곱에 스물여섯의 박유선과 결혼하고
박에스터가 된 점동의 삶은 완전히 달라졌다

에스터를 눈여겨 본
보구녀관普救女館 의사 로제타 홀의 도움으로[21]
미국에 가서 뉴욕주 리버티공립학교에 들어갔고

박유선이 농장과 식당에서 일하며 뒷바라지 해주어
볼티모어 여자의과대학에 열아홉 최연소로 입학했다

스물셋에 한국 여성으로 첫 의사가 되었다
서재필과 김익남을 포함해도 세 번 째였다
그는 이 기쁨을 온몸 온 맘으로 즐길 수 없었다
그토록 헌신해주던 남편이 폐결핵으로 쓰러졌다
잘 먹지 못하고 고된 노동이 두 달을 참지 못했다

에스터는 좌절하지 않았다
그토록 아껴주고 사랑하던 박유선을 미국에 묻고[22]
서로 믿고 의지하며 두 손 맞잡고 떠났던 먼 길을
홀로 돌아오는 길은 더 힘들고 쓸쓸했다
6년만의 금의환향은 굳게 다문 입술로 대신했다

많은 것이 바뀌어 있었다
명성왕후 민비가 일제 군인들에게 무참히 시해됐고
조선은 대한제국으로 고종은 광무황제가 되어
뒤떨어진 근대화를 따라 잡으려 바쁜 나날이었다
에스터는 보구녀관 보조에서 책임의사로 일했다

에스터는 은인인 로제타 홀이
죽은 남편을 위해 평양에 기홀병원을 세우자
인연 줄을 따라 그곳에 가서
열 달 동안 삼천 명 이상을 돌보았다
엄동설한에도 당나귀 수레를 타고 왕진에 나섰다

에스터의 지극한 정성은
여의사보다 미신을 믿던 사람들을 움직였고
곧 죽을 것 같았던 환자도 수술로 치료하자
귀신이 재주 피운다는 말이 입으로 전해져
아파 그를 찾는 사람들이 눈덩이처럼 불었다

몸은 하나이고
갈 곳 돌 볼 사람은 백사장 모래처럼 많으니
이억만 리 낯선 땅에서 남편을 쓰러뜨렸던 그
못된 병균이 약해진 몸을 집요하게 파고들었고
서른다섯의 짧고 굵은 삶도 남편을 따라 갔다

하늘이 무심한 것이었다
그토록 힘들게 첫 여성 의사 자격증을 따
그렇게 많이 10년 동안 5만 명 이상 치료하며
그토록 헌신적으로 질병퇴치에 노력했는데
그렇게 빨리 떼려간 것은

하늘의 깊은 뜻이었다

그렇게 굳센 뜻으로
그렇게 착하게 살아온
한평생을 일제강점기의 고통을
겪지 않도록 일찍 거둔 것은

하늘이 마련한 계획이었다
에스터를 이모처럼 따랐던 셔우드 홀이
열여섯 해 지난 뒤 한국에 와
해주구세요양원을 세우고 결핵환자를 돕기 위한
크리스마스 실을 발행한 것은

오로지 가난과 질병에서 벗어나는 것이
하늘이 내린 소명이었고
어떤 일이 있어도 걸어가야 할 사명이었다
밝은 지혜로 몸을 지켜 내는 명철보신은
에스터에겐 너희들의 처세술일 뿐이었다

등불이 되어 조국의 앞날을 밝히다
—하란사[23)]

캄캄한 시대 깜깜한 나라에
나부터 등불을 밝히도록 도와주세요
이미 결혼을 했고 나이도 스물넷이나 된
김란사는 프라이 이화학당 당장堂長을 밤에 만나
들고 간 등불을 모두 끄면서 이렇게 설득했다

두드리면 열리고 구하면 얻게 마련이었다
미혼 학생만 받는다는 학칙은
한 번 두 번 거절의 벽이 되었으나
지극한 정성을 담은 삼세판으로
예외를 인정받아 만학도가 되었다

세계로 향하는 창과 문이었던
인천에 살았던 것이 시대의 눈을 뜨고
역사를 똑바르게 바라보도록 하는
자극이었고 채찍이었다
자상한 남편은 동남풍이 돼 주었고,

공부는 이화학당에서 끝나지 않았다
고위 공직자 부인으로 편하게 사는 것은
그의 양심에 맞지 않았다

42

스물넷이란 나이도
결혼해 어린 딸이 있다는 현실도
그의 앞길을 막지 못했다

더 많이 배워 조국의 미래를 밝히는
선구자가 되려고 가정의 울타리를 넘었다
인천항을 다스리는 감리서 최고책임자였던
하상기는 미국으로 유학 가겠다는
당찬 부인을 만류하지 않았다

젖먹이 딸 자옥을 며느리에게 맡기고
유학비용도 기꺼이 모두 다 대 주었다
몽매에서 벗어나려면 앞선 서양 학문을
배워야 한다는 그의 집념과 의욕과 과단성에
남편은 빙그레 웃어 주었다
선각자는 선각자가 알아주는 염화미소였다

쉽지 않은 길이었다
말도 물도 땅도 음식과 사람도 모두
낯선 곳에서 짧게 배운 지식으로
따라가려니 밤을 낮 삼아야 했다

외로움에 눈물이 말랐고
그리움에 가슴이 까매졌다

웃으며 보내 준 이 길을
중간에 그만 걸을 수는 없었다
입술에 피가 맺혔고
허벅지에도 핏물이 솟았다
눈물과 핏물 속에 시작은 끝을 맺었다

끝은 끝이 아니라 새로운 시작이었다
대한제국 최초의 여학사라는 영예를 안고
모교로 돌아와 사랑스런 아이들을 가르쳤다
심한 욕을 달고 살았다
배웠다고 거들먹거린 것은 아니었다

멋쟁이면서 엄격한 범 선생님,
학생들을 올바르게 가르치기 위해
강제로 빼앗긴 국권을 되찾기 위해
배운 것을 오롯이 조국의 미래를 짊어질
젊은이들에게 쏟아 부으려는 고육지책이었다

꺼진 등에 불을 밝히라고 다그쳤다
어린 학생들도 그의 마음을 받아들였다
욕먹은 가슴과 가슴은 유관순이 되어
기미년 3월1일 대한독립만세를

앞장서서 외쳤다

인간도 아닌 일제가 휘두르는 총칼에
대한독립을 이루지 못하였어도
만세의 뜻은 오롯이 잇고 이었다
웨슬리언 대학에서 함께 공부한
의친왕과 함께 고종의 북경 망명을 추진했고

고종이 일제에 의해 독시弑된 뒤
파리강화회의에 대표단으로 참석하기 위해
북경에 가 환영만찬회에 참석한 뒤
갑자기 의문의 죽음을 맞았다
일제가 보낸 스파이의 독살이었을까

마흔여덟의 짧은 인생은
뜻하지 않은 때에
예정하지 않은 곳에서
굵고 길게 역사에 남았다
시간이 흐를수록 더욱 빛나는 별이 되었다

평생 모은 땅을 내놓아 사립대학 세우다
—조희재[24]

땅을 내놓고 뜻을 얻었다
재산을 풀어 사람을 키웠다

인생은 짧고도 짧고
역사는 길고도 유구한 것
돈은 시내처럼 돌고 돌아
넓은 벌판 기름지게 만드는 것

내가 번 것이라고
내가 안 먹고 안 입고 모은 것이라고
움켜쥐고 있으면 고인 물처럼 썩고 썩어
스스로는 물론 남까지 모두 해치는 것

함께 썩어 죽기보다
함께 오래 사는 길을 골랐다
남편이 평생 동안 하고자 했던 일
그토록 진심으로 노력했지만 이루지 못한 일
하기 위해 통 큰 결단을 내렸다

내가 이어받아 이루고 나서야

저곳에 먼저 가 자리 잡고 있을
박기홍朴基鴻 장훈보통학교 전 이사장을
떳떳하게 볼 수 있다는 마음으로
티끌만큼의 머뭇거림도 없었다

땅 80만평을 내놓았다
1953년 당시 화폐 가치가
1억 환圜에 이르는 엄청난 재산이었다
교육으로 독립운동을 펼쳤던 장형張炯 선생이
뜻을 함께 하고 발벗고 나섰다

광복 이후 처음으로 4년제 대학을 인가받아
1947년 11월3일 서울 낙원동 282번지
서북학회 회관에서 단국대학교의 문을 열었다

단군檀君으로 민족애를 생각하고
애국愛國으로 조국애를 상기하고자
단국檀國이라는 이름을 지었다
국민개학과 홍익인간을 교육지표로
구국 자주 자립을 창학이념으로

진리와 봉사를 교시로 세웠다

독립운동가가 대한민국 임시정부의
독립정신을 이어받고 남북으로 나뉜
민족이 하나 되는 것을 대비했다

남편이 평생 꿈꾸었던 것을 이루어
어깨를 짓누르던 마음 빚을 갚고
몸이 후련해졌음이었을까
쉰여섯의 짧지도 길지도 않게 꽉 찬 삶을
훨훨 털고 새 세상으로 떠났다
단국대학교 설립 인가를 받은 지
고작 이틀이 흐른 뒤였다

몸은 떠났어도 얼과 넋은 남았다
평생 모은 재산을 기꺼이 내놓아
사람을 얻고 인재를 키운 설립자로
단국대학교 죽전캠퍼스에서
영원히 사랑받고 있다

호주제가 없어질 때까지 싸웠습니다
―이태영[25)

뛰어난 장군 아래 겁쟁이 병사 없듯
굳센 어머니 아래에선 지혜로운 사람이 큰다

아버지 첫 돌 지나고 돌아가신 어려움을
홀어머니 당찬 가르침으로 올곧게 컸다
아들 딸 가리지 않고 공부 잘 하는 아이만
끝까지 뒷바라지 하겠다는 그 말
남편도 아내의 학업을 힘껏 지지했다

서른셋 적지 않은 나이에
서울대 법대에 입학했다
서울대 사상 첫 여학생이었다
서른여덟엔 한국 첫 여성변호사 됐다

6.25전쟁 중인 1952년에 치러진
2회 고등고시 사법과에 합격했다
김병로 대법원장은 판사임명을 제청했지만
이승만 대통령이 여자라고 거부했다

차라리 변호사 된 게 나았다

법과 봉건적 인습에 눌려 우는
여성들과 아픔을 함께 했다
호주제 폐지 가족법 개정에 앞장섰다

달걀로 바위를 깨뜨리는 셈이었다
법조계 초년생이 뭘 아느냐
쓸데없이 분란 일으키지 말아라
그래도 물방울이 바위에 구멍 뚫었다

동성동본결혼금지가 1988년에 없어졌다
이혼녀재산분할청구권이 1989년에 인정됐다
호주제는 2005년에 폐지됐다
시대를 앞선 그의 아래에서 수많은
지혜로운 사람들 낳고 자라 대한민국 이끌었다

2 / 잘못된 세상을 박차고

위선의 바위에 진실의 달걀을 던지다
—이용수[26]

이용수 할머니는 진실투사다
참고 참다 더 참을 수 없어
마침내 불편한 진실 햇볕 속으로 던졌다

두 번 다시 떠올리는 것조차
몸서리치도록 고통스럽던 치욕도
역사를 제대로 바로잡기 위해
가해자 일본제국주의자들 고발하기 위해
영어 배워 미국 의회에서 진실 알렸다

바로 잡아야 할 것은 또 있었다
믿는 도끼에 발등 찍혔다
갈수록 깊은 산 속 설상가상이었다
붕어빵에 붕어 없듯 위안부 위해 돈 모금한
정의기억연대는 위안부 할머니에게 돈 쓰지 않았다

강요된 위안부는 없었다고 망발 일삼는
정신 나간 일제종족주의자들과
뉘우치고 사과할 줄 몰라

벼락 맞아 마땅할 나쁜 일제 놈들
박수치며 좋아하는 짓거리 볼 수 없어
참고 기다렸지만 갈수록 진흙탕이었다

위안부 내세워 사익 챙긴 건 사악한 범죄다
부끄러운 짓 하고 사과할 줄 모르면 사람도 아니다
진실의 힘 부정하는 건 천벌 받아 마땅하다

양심이 흔들리고 진실이 묻히는 시대
옳음과 그름이 편 가르기에 헷갈리는 시대
진실을 얘기하기가 항일투쟁 민주화투쟁보다 힘든 시대
잘못된 시대의 바위에 달걀 던지는
이용수 할머니는 옳음 위해 싸우는 진실투사다

조국 독립을 위해 손가락 세 개를 잘랐다
—남자현[27]

그대는 조국의 하늘과 땅 사람에게서
무엇을 보셨길래 마흔여섯 살 적지 않은
나이에 고향 영양을 떠나 허허벌판 만주로
싸우러가 아니라, 이기러 가셨습니까

을미의병 일으켜 왜놈에게 전사당한 남편과
왜놈들 등살을 이기지 못하고 귀천한 아버지의
원수 갚지 않고 저 세상에서 뵐 수 없다는 각오,
지금까지의 남자현은 잊으라 했습니다

경술국치 10년 되는 날 엄지손가락 잘라
우리끼리 다투지 말고 왜놈들과 싸우라 질타했습니다
2년 뒤엔 검지 손가락도 잘라 내 손가락 아끼지 말고
우리 동포와 이 나라의 내일을 아끼라 호통쳤습니다

무심한 세월이 또 10년 흐른 뒤엔
국제연맹조사단에 대한독립 호소하려
무명지 두 마디마저 주저 없이 잘랐습니다
손가락 3개나 자른 정성에도 하늘은 무심했습니다

마지막 거사마저 성공하지 못하고 체포됐습니다

내가 스스로 죽어 너희들을 이겨야겠다
대한은 그렇게 호락호락하지가 않다
내 죽음은 끝이 아니요 시작일 뿐이다
너희는 사는 것이 죽는 것이요
나는 죽는 것이 곧 사는 것이다[28]

그대는 왜놈들을 준엄하게 꾸짖었습니다
고문하던 왜놈들이 놀라 보석으로 석방했습니다
그대는 아들과 손자에게 조용히
내가 잠들면 깨우지 말라고 한 뒤 유언 남겼습니다

사람이 죽고 사는 것은
먹고 안 먹고의 문제가 아니라
바로 정신에 있다
249원80전 중 200원은 대한이 독립되는 날
축하금으로 정부에 바치라, 나머지는 손자와
영양에 있는 외손자를 찾아 교육시켜라[29]

그대는 독립군 어머니답게 돌아가셨습니다

그토록 바라던 부친과 남편의 원수 갚지 못하고

그토록 그리던 조국의 해방 보지 못한 채

이국에서 마지막으로 남긴 말씀이 귓전을 때립니다

사람이 해야 할 일 다 한 뒤 만주의 여호女虎가 되신

그대는 참된 어머니, 진정한 스승이십니다

애국심은 죽음보다 강하다
—논개[30]

열아홉 꽃다운 청춘이 나라 위해
온몸을 장작처럼 활활 태웠다[31]
죽음으로 맞서 싸웠지만 중과부적으로
목숨 빼앗기고 삶의 터전 잃은 부모형제들의
원수를 갚기 위해 그 한 몸, 온 맘으로 던졌다

가슴은 차갑고 머리만 뜨거워
옳고 그른 것보다 내 편 네 편만 따지며
주희 떠받드는 관념론적 이데올로기에 파묻혀 있던
골수 패거리 성리학자들은 몰랐다,
알려고도 하지 않았다
알아도 모른 체 했다

귀 뚫리고 눈 바르며 마음 밝은
그 사람들이 있어 캄캄한 어둠 속에 갇혀 있던
의로운 이야기가 역사로 살아났다
진주성이 함락되고 승전에 도취된
왜장(倭將)을 남강 아름다운 바위에서
백성 도륙한 분노를 거짓 사랑으로 이끌어

열 손가락 마디마디로 처단한 가슴 벅찬 이야기

열일곱 해 뒤 유몽인이 어우야담에 실었고
진주 사람들이 그 바위에 義巖의암이라 새겼다
이백 년 뒤 최진한이 의암사적비 건립했고
스무 해 흐르고 남덕하가 의기사義妓祠 세웠다

언제 어디서 누구의 딸로 태어났는지[32]
언제 어디서 어떻게 기생이 되었는지
기록이 남아 있지 않을 정도로 평범했던
그대는 양귀비꽃보다 더 붉은 애국심으로[33]
보여주었다, 햇귀보다 더 밝은 시시비비로
암 덩어리 안고 단죄한 그 손발 떨린 한방으로
배달겨레 가슴에 영원한 꽃으로 피었다
코로나 태풍 외적 몰려올 때 어찌 하는지
온몸으로, 한맘으로 똑똑히 보여 주었다

나라 구하는 데 남자 여자 따로 있으랴
―윤희순[34]

덜렁대지 말라는 가르침이었다
파랑과 하양과 연두가 하나 되는 것
보여주려는 깊은 배려였다
어느 것 하나 버릴 것 없는 뜻이었다

우리나라 의병들은 나라 찾기 힘쓰는데
우리들은 무얼 할까 의병들을 도와주세
왜놈들을 잡는 것이니
의복 버선 손질하여 만져 주세[35]

나라를 잃었는데 남녀노소 가릴 것이냐
안사람 함께 나서 강탈당한 국권 되찾고자
목 놓아 부른 의병가, 가을 하늘 적셨다
시아버지와 남편의 항일투쟁 의병 뒷받침에
스스로 여성들 모아 의병장 되어 싸웠다
아들도 할아버지 엄마 아버지 본받아
항일투쟁하다 고문 받고 순국한 가족

우리나라 의병들은 애국으로 뭉쳤으니
고혼이 된들 무엇이 무서우랴
의리로 죽는 것은 대장부의 도리거늘
죽음으로 뭉쳤으니 죽음으로 충신되자[36]

충효 애국정신과 자손의 만대 보존이라는
소박하고 사람다운 소망도 이루기 힘든 시대[37]
모든 것을 버려야 했다
고향과
고향에 쌓았던 추억과
일제의 비인간적 침략에 함께 싸웠던 고향 사람들

모두 버리고 만주로 떠났다
명성왕후 시해를 응징하려 일제와 싸웠고
고종 강제퇴위와 대한제국 군대해산을 바로잡으려
길쌈 바느질 마다하고
주먹밥 짓고 화약과 총알 만들었던 땅
그 아프고 정다웠던 땅에서 더 이상 살 수 없었다

국권을 강탈당한 치욕
경술국치를 죽음으로 씻으려던
시아버지를 남편과 함께 설득했다
살아야 한다고
살아서 싸워야 한다고
살아서 만주에 가서 싸우자고

땅 설고 물 설은 그곳에서 하루도 편하지 않았다
오로지 할 일은 무뢰한 침략자 일제와 싸우는 것
동창학교 분교인 노학당老學堂을 설립해
연설 잘하는 윤 교장으로 항일투쟁에 나설

젊은 투사들을 키워냈다

만주로 망명한 지 3년 만에 시아버지가
그 뒤 이태 만에 남편마저 독립 못 본 채
돌아올 수 없는 먼 길 떠났지만
두 아들을 독립운동단체에 가입시키고
나라 되찾는 항일투쟁 이어갔다

큰 아들 돈상敦相이 일제 경찰 고문으로
순국하자 며느리도 절규하며 세상을 떴다
아들 며느리 먼저 보낸 울분을 참지 못해
곡기를 끊고 해주윤씨일생록으로 지나온 삶
정리하며 스스로 저 세상으로 떠났다
철이 나고부터 평생을 여성의병장으로서
항일독립투쟁에 바쳤던 삶을 훨훨 털었다

그분의 넋은 아직도 만주 땅에 있지만
그분의 얼은 춘천시립청소년도서관에서
그분의 혼은 대한민국 방방곡곡에서
되살아나고 있다

나라 어려울 때는
이것저것 가리지 말고 오로지
나라 위해 모든 것 바쳐야 한다는 노래로
나라 구하는 데는 남녀노소가 없다는 말씀으로
내 몸은 하나 된 나라 만드는 데 쓰인다는 뜻으로

악착같이 번 큰 돈 사회 위해 썼다
—백선행[38)]

큰돈은 하늘이 잠시 나에게 맡기는 것
내가 아껴서 잘 나서 벌어들인 게 아니다
허투루 쓰지 말고 그 분 뜻에 맞게 쓰는 이치
경제학 안 배웠어도 스스로 깨친 경제학자였다

일곱 살 때 아버지 여의고
열여섯 살 때, 두해 함께 산 남편 먼 길 떠났다
스물여섯 살 때 어머니마저 귀천해
고아가 된 청상과부 백선행

딸이라고 이름도 지어주지 않은 아버지를
남편 잡아먹은 년이라고 쫓아낸 시집식구를
부모 제사 모시려고 양자로 들인 사촌오빠를
원망하지 않았다, 서러운 눈물을 꾹 참았다

이를 악물었다 돈 모으는데 온 힘을 쏟았다
삯바느질 콩나물장사, 이십 리 밖 시장에서
음식물 찌꺼기 모아다 돼지 기르기….
악바리 과부라는 손가락질에 아랑곳하지 않았다

불행은 또 닥쳤다
거간꾼 말 듣고 강동군 만달면의 만달晩達산을 샀다
황무지나 다름없는 바위산을 시가보다 비싸게 주었다
불행이 마지막 시련이었다
사기詐欺가 사기事機 되었다[39]

만달산은 시멘트 원료인 석회석으로 덮여있었다
어느덧 환갑이었다 벌기만 하던 돈을 쓸 때였다
지갑을 열었다 동네에 커다란 돌다리를 놓았다
평양에 대한인을 위한 도서관과 회의장도 지었다

돈 쓰는 재미에 시간 가는 줄 몰랐다
눈과 다리에 힘 빠진 걸 느끼자 어느덧 여든여섯
전 재산 35만 원은 모두 그의 손을 떠났다
조선총독부 표창장은 웃으며 거절했다

본디 내 것 아니었던 것
잠시 맡았던 물이 흐르고 흘러
넓고 넓은 평양들 옥토로 만들 듯

배달겨레 살리는 생전生錢 되었다

잇따라 닥친 불행으로 흘린 눈물
바다 되어 코밑까지 차올랐지만
익사하지 않고 따듯하게 영원히 살았다
아웅다웅하던 핏대는 찬물에 뭐 줄 듯 사라졌다

열다섯에 남사당패 우두머리 되다
—바우덕이[40]

가난이 죄였다
가난한 소작농 아버지는
다섯 살 어린 딸 바우덕이를
남자들 놀이패인 남사당에 넣었다

안성맞춤유기로 유명한
안성시 서운면 청룡리 불당골에서
바우덕이는 눈칫밥 먹으며
줄타기 어름과 땅재주 살판과
대접돌리기 버나와 꼭두각시놀음 덜미와
탈놀음 덧뵈기와 풍물 등
꼭두쇠 되기 위한 여섯 가지 재주를 모두 익혔다

10년이 지나 강산이 변했고
열다섯 바우덕이는 남자가 맡는
우두머리 꼭두쇠로 뽑혔다
여자라는 것은 문제가 되지 않았다
풍물 어름 살판 버나 덜미 덧뵈기
그 어느 것 하나 그보다 나은
남자가 없었다

돌부처도 돌아보도록 하는 미모와
손잡이가 달린 작은 북 소고를 치며
선소리 부르는 게 일품인 바우덕이의
불당골 남사당은 가는 곳마다 사람들의
입을 탔고 입말은 입말이 보태져
흥선대원군 귀로까지 이어졌다

경복궁 중건하는 힘든 일터에서
신음하는 일꾼들에게 멋진 웃음을 선사해
정3품 높은 나으리들만 차는 옥관자를
하사받아 바우덕이는 날개를 달았다
가는 곳마다 구름 같은 인파가 몰려들었다

인생은 잘 나갈 때가 함정이었다
폐결핵 균의 거센 공격을 받았다
꼭두쇠가 되어 오십여 명의 사당패
이끌고 낮에는 공연하고 밤에 이동하며
전국을 유랑하는 힘든 여정에
여자 꼭두쇠로서 겪었을 스트레스에
먹거리마저 부실한 결과였다

스물 셋,
가난이란 죄를 숙명으로 지웠던
운명은 바우덕이를
꽃다운 나이에 하늘로 데려갔다

이제 그만큼 고생했으니
좋은 곳에서 살라는 것인지
고진감래인데 고생만 실컷 하고
즐거움은 누리지 말라는 것인지

바우덕이의 거친 삶은
화려한 꽃을 피우기 시작한 지
여덟 해 만에 짧게 끝났다
그의 아픈 삶을 지탱했던 몸은
불당골에서 가까운 서운산 서쪽 자락 끝
개울 만나는 언덕에서 따뜻하게 쉬고 있고

그의 무덤 앞엔 커다란 비석이
그의 삶보다 당당하게 서 있다
개울가에선 청춘남녀가 라면 끓이며
발개지는 단풍에 귀밑이 함께 붉어지고

그가 자라고 배웠던 불당골에 세워진
바우덕이사당 동상 앞에서
바람은 노을이 되고
노을은 단풍이 되고
단풍은 내맘이 되고
내맘은 가을이 되고
가을은 들국화 되어
겨울 준비 바쁜 꿀벌을 유혹했다

가난이 죄었고
신분은 깡패였고
남녀는 폭력이었고
인생은 울퉁불퉁했지만
바우덕이는 가난과 신분과 남녀를
뛰어넘어 자유로운 연예인으로 살았다

울퉁불퉁한 인생길을
거칠게 살았던 바우덕이는 갔지만
악명 높았던 안성 외아들 난봉꾼은
바우덕이의 재치로 개과천선해 좋은 사람 됐다
바우덕이가 이끈 남사당패 놀이,
풍물 어름 살판 버나 덜미 덧뵈기는
국가무형문화재 3호로 부활했고
유네스코 세계무형문화유산으로 비상했다
바우덕이는
안성남사당바우덕이축제로 되살아났다

여자 몸으로 금강산 유람하고 호동서락기 쓰다
—김금원[41]

짐승이 아니라 사람으로 태어나고
야만국이 아니라 문명국에서 태어난 것은
복 받은 일이었으되
남자가 아닌 여자로 태어난 것과
부귀한 집이 아닌 한미한 집 자식인 것은
뛰어넘기 힘든 불행이었다[42]

불행이라고 그냥 주저앉을 수는 없었다
포기하는 것은 운명을 그대로 받아들이는 것
여자라 넘볼 수 없는 담장 밖의 세상을 보려고
부모를 졸라 넘을 수 없는 벽이라고 여겼던
굴레를 훨훨 벗어던졌다

한 해 더 지나 열다섯이 되면
비녀를 꽂고 담장의 노예가 되는
운명을 떨쳐버리고 사뿐사뿐 길을 나섰다
열넷 어린 소녀는 남자 옷으로 갈아입고
매가 조롱을 나와 하늘 높이 날아오르듯
천리마가 재갈을 풀고 들판을 내달리듯

제천 의림지와 단양팔경을 거쳐
금강산과 관동팔경을 두루 지나

서울 평양 의주까지 1,000km
이천오백 리의 멀고 먼 길,
당시 남자라도 대부분 할 수 없던
국토순례여행을 사뿐히 다녀왔다

길은 스승이었고
들은 벗이었으며
뫼는 배움터였다
세상과 끊어진 규방에서는 기를 수 없는
총명을 닦고 식견을 늘리고 가슴을 넓혀
호동서락기湖東西洛記에 차곡차곡 담았다

호는 의림지를 품고 있는 충청도 호서지방이요
동은 태백산맥 동쪽의 금강산과 관동팔경이요
서는 평양과 의주를 담은 관서지방이요
락은 조선의 수도인 한양을 가리킴이요
기는 호동서락을 두루 다니며 보고 느낀 것을
시와 감상문을 쓴 것이었다

스쳐 지나간 일은
눈 깜짝할 사이의 꿈이 되고 마니
글로 남겨 놓지 않으면
금강산 다녀온 것을 모두가 모를 것이고
오가며 읊었던 시들도 흩어져 잃을까
한 데 모아 기록했다[43]

아무나 할 수 있는 일이 아니었다
아버지에게서 어렸을 때 배운 공부와
남장 여행을 허락해 준 바다 같은 사랑과
신분의 차이를 넘어 재주를 인정해준 남편과
한강의 아름다운 경치를 즐길 수 있는 삼호정이
마음껏 시와 글을 쓸 수 있도록 기를 모아주었다

하늘에 우뚝 솟은 헐성루에 올라서니
산문은 그림 같고 손끝마다 기암절벽
봉우리 그림자 마다 피어나는 부용꽃[44]

금원은 금강산 정양사 누각인 헐성루에서
부용꽃처럼 피어나는 자신의 모습을 보았다
하늘로 우뚝 솟은 기암괴석처럼 살려는 뜻은
남성위주 사회에서 펼치기 힘든 꿈이었다
다음 세상에 죽서와 함께 남자로 태어나
서로 시를 주고받았으면 좋겠다는[45]
마지막 희망을 운명은 받아주었을까

호동서락기를 쓴 뒤에
그의 행적이 바람처럼 사라졌다
빨리 남자로 거듭나기 위해 서둘러 떠났을까
그의 꿈과 그의 희망은 헛되지 않아
허리 잘려 일흔 두해나 끊긴 길
그가 걸었던 그 길을 이어가려는
후손들이 두 손 모은다

시대 앞서 가려다 나쁜 남자에게 당했다
—김명순[46)]

일제강점기란 시대는
한참 앞서 나아가는 그를 받아들이지 않았다
가부장이라는 이데올로기에 사로잡힌
남자들은 그를 매몰차게 짓밟았다
시대와 남자에 근거 없이 시달린
그는 정신병으로 부고도 없이 죽었다

여성은 사람으로 살 수 없는 시대에
남자보다 앞지른 대가는 비참했다
푸른 눈의 괴물과 맞선 싸움은[47)]
일대다의 단기필마로는 중과부적이었다
백 년이 온전히 지나서야 겨우
억울함이 조금쯤 씻길 뿐이었다

이응준은 인간도 아니었다
외로운 고아로 오로지 공부에 매달리는
탄실을 꼬여 데이트하다 강간을 한 뒤 버렸다

비겁한 김동인은 김연실전이란 소설을 써
탄실이가 기생학교를 졸업해 성에 일찍 눈떴다며

허구라는 방패에 숨어 진실을 난도질했다

반민족친일활동을 한 김기진은
성격이 이상하고 행실이 방탕하다며
김명순 씨에 대한 공개장에서
인격을 살해하는 2차 가해도 서슴지 않았다

김명순에게는
방패막이를 해줄 가족과 남편도
영혼을 붙잡아 줄 불교의 힘도 없었다
시대와 남자에 맞서 홀로 싸운
탄실의 무기는 문학뿐이었다

시로 소설 영화로
응어리를 풀어내지 않으면
머리와 가슴이 터져 죽을 것 같았다
해야 할 말 하고 싶은 말을 썼다
오직 살기 위해 쓰고, 쓰고 또 썼다

탄실은 외로워 슬펐고 슬퍼서 그리웠다

아니라고 머리를 흔들어도
저녁이 되면은…
눈물이 나도록 그리울 때
뜻하지 않았던 슬픔을 알았다[48]

외 그리움조차 놀라운
외로운 여인의 방에는
전등조차 외로워함 같아
내 뒤를 다시 돌아다본다
외로운 전등 외로운 나
그도 말 없고 나도 말 없어
사랑하는 이들의 침묵 같으나
몹쓸 의심을 할만도 못했다[49]

시와 소설도
그의 외로움과 슬픔과 고통을 결국
달래주지 못했다
견디지 못해 스스로 죽으려 했어도
몹쓸 정도로 모진 것이 운명이었다

시대와 남자의 공격을
더 이상 참아내지 못하고
동경으로 도망갔지만 동경도 따듯하지 않았다
살려고 이 일 저 일 가리지 않았어도

가난과 정신병이 그를 쓰러뜨렸다

조선아 내가 너를 영결할 때
개천가에 고꾸라졌던지 들에 피 뽑았던지
주은 시체에게라도 더 학대해다오
그대로 부족하거든
이 다음에 나 같은 사람이 나더라도
할 수만 있는 대로 또 학대해 보아라
그러면 서로 미워하는 우리는 영영 작별된다
이 사나운 곳아 이 사나운 곳아[50]

시대와 남자에 홀로 맞서
삶이 찢어지고 죽음에 이르도록
싸운 그의 마지막 목소리가
2020년 경자년을 아프게 한
제2의 이응준 김동인 김기진의 뺨을
반성하지 못하는 자들의 양심을 올곧게 찌른다

시아버지 남편과 함께 항일투쟁에 나섰다
—정정화[51]

조국은 말이 없었다[52]
강탈당했던 조국은 갈 수 없었고
해방된 조국은 서로 총부리 겨눴다

무얼 바라고 한 일은 아니었다
이걸 했다고 자랑삼지도 않았다
나라 되찾는데 남녀노소가 따로 없듯
그저 독립운동자금 마련하기 위해
죽음 무릅쓰며 압록강을 넘나들었고
임시정부 안살림 성심껏 챙겼을 뿐이었다.

그래도 참을 수 있었다
독립운동 사선死線을 넘다 왜놈에 잡혀
종로경찰서에 갇힌 것은 떳떳함으로 참았다
왜놈 앞잡이 순사에게 받은 취조도
한국의 잔다르크는 두 눈 질끈 감고 참을 수 있었다[53]

그래도 이건 아니었다
26년 동안 풍찬노숙하며 오로지 조국독립 위해

항일투쟁한 외자^{여f}와 임시정부 간부들 줄줄이[54)
남북돼 가는 건 아무래도 아니었다
권력욕과 이데올로기로 갈린 조국은
망명정부 때도 함께 살았던 가족을 갈라놓았다

죽었는지 살았는지 물어보았다
조국은 끝까지 침묵하기만 했다
92년 평생을 독립 위해 싸운 정정화
대답 듣지 못한 채 녹두꽃 장강일기 남겨
올바른 역사 세우고 더 기다리지 못하고
대전현충원에 묻혔다 저 세상에서 남편 만났다

파일러트가 되어 독립 위해 하늘을 날았다
—권기옥[55]

나의 이름은 갈례甲禮였다
아들을 원했는데 딸이 태어났으니
어서 저 세상으로 갈 애라는 뜻으로
날 때부터 아픔을 고스란히 받았다

대한제국이
근대화에 골몰하고 있을 때
시골은 가난했고
아들바라기는 여전했고
갈례는 그 모든 모순을
떠안고 이 땅에 힘들게 왔다

어린 갈례는
아픈 엄마를 대신해
밥을 짓고 빨래를 하며
더 어린 동생을 돌보면서도
틈만 나면 책을 들여다봤다

꿈을 좀처럼 버릴 수 없었다
커다란 쇳덩이가 하늘을 나는 것을 보고
새처럼 자유롭게 오고가는 꿈을

나도 비행사가 되자는 꿈을
하늘을 날아 아픔 없는 땅으로 가는 꿈을

꿈을 가지라우
꿈이 없으면 송장이나 다를 게 업디 않가서
특히 젊은이들은 꿈이 있어야 디
어느 나라든 젊은이들이 꿈이 있고 패기가 있으면
그 나라는 희망이 있디 감히 다른 나라가 넘볼 수 없고
할 수 있다는 자신감을 가지라우 못할 게 뭐가 있어
내가 지금 열댓 살이라면 우주비행사를 꿈 꿀 것이야[56]

뜻이 있는 곳에 길이 있고
두드리면 문은 열리게 마련이었다
은단공장에서 일해야 했던
열한 살 어린이의 꿈은
교회에서 송현소학교로 보내주고
학교에선 월사금을 면제해주어
기옥의 꿈을 펼칠 수 있었다

넘치는 학업 열정은
기옥을 숭의여학교로 이끌었고

송죽결사대에 들어
3.1대한독립만세운동에 참여하고
상하이로 망명해 항일독립운동에
온 몸을 평생을 바쳤다

일왕의 머리에 폭탄을 투하하겠다는[57]
굳은 의지로 거듭 다진 비행사의 꿈을
임시정부 도움으로 중국에서 펼쳤고
이룬 꿈은 항일독립투쟁에서 빛났다
십년 동안 중국군에서 복무하며
칠천여 시간을 날아 일제를 꾸짖었다

중국 창공에 조선의 붕익鵬翼
중국 하늘을 정복하는 조선 용사
그중에서 꽃 같은 여류 용사도 있어
여류 비행가 권기옥 등 국민군에서 활약[58]

꿈을 완전히 이루지는 못했다
중일전쟁 때 상해 상공에서 폭격비행도 했지만
기옥의 간절한 소망이던
조선총독부 폭격을 끝내 하지 못해
일왕의 머리에 폭탄을 투하하지 못해
죽을 때까지 한으로 남았다

일제는 뜻하지 않게 갑자기 망해

자력독립의 길마저 빼앗는
몽니를 끝까지 부렸다
그래도 광복이 좋았다

가난이라는 벽도
여자라는 질긴 멍에도
식민지라는 억센 시련도
항일투쟁이라는 시대의 소명도
한 발짝도 물러서지 않고
당당히 맞서 싸우고 마침내 이겨내
몰래 떠났던 고국에 떳떳이 돌아왔다

갈례는 아버지 뜻을 어기고
여든여덟 살까지 오래 살며
최초 여성 비행사 공군의 어머니
독립운동가 출판인 사회사업가로서
기옥이 되어 아버지의 뜻을 활짝 펼쳤다

3 / 이 한 몸 불살라

일제에 당당히 맞서 민족의 딸이 되다
―유관순[59)]

여기 꿈 많던 소녀의 얼이 살아있습니다
충남 병천면 용두리 매봉산 자락,
저 아래 그날 대한독립만세 외쳤던
아우내 장터가 조용히 펼쳐져 있고
소녀의 얼을 찾아 가는 길 양 옆엔
소녀의 뜻 잇겠다는 소녀들의 시가
절절하게 노래하고 있습니다

이제 시간이 임박했습니다
원수 왜(倭)를 물리치고 이 땅에
자유와 독립을 주시옵소서
내일 거사할 대표들과 이 소녀에게
더욱 큰 용기와 힘을 주옵소서
이 민족의 행복한 땅이 되게 하옵소서
대한독립만세 대한독립만세 대한독립만세[60)]

소녀의 간절한 기도는 하늘에 닿았습니다
목천 천안 안성 진천 연기 청주…
스물네 곳에서 뜨거운 가슴불이 응답했습니다

3000여명이 한마음 한 목소리로 외쳤습니다
대한독립만세, 왜놈 물러가라, 우리 것은 우리에게
남자와 여자, 어린애와 어르신, 부모형제들이
모두 하나 되어 당당하게 요구했습니다

소녀는 조금도 움츠러들지 않았습니다
아버지 유중권이 일제 순사가 쏜 총알에 죽어가도
어머니 이소제가 일제 순사가 휘두른 칼에 쓰러져도
소녀와 뜻을 모은 사람들이 줄줄이 죽고 부상당해도
소녀의 손과 발이 일제 순사들에게 동동 동여매져도
소녀는 오로지 대한독립과 대한인의 권리회복만을
소녀는 죽음을 각오하고 외치고 요구했습니다

소녀는 재판정에서도 당당했습니다
나는 왜놈 따위에게 굴복하지 않는다
네놈들은 반드시 천벌을 받고 반드시 망하리라[61]
소녀는 회유하는 일본인 재판장에게
소녀는 의자를 집어던지며 꾸짖었습니다
소녀는 법정모독이라는 이유 같지 않은 이유로

소녀는 얼토당토않게 징역5년을 선고받았습니다

소녀는 아파하지 않았습니다

소녀의 손톱이 빠져 나가고 소녀의 귀와 코가 잘리고

소녀의 손과 다리가 부러지는 고통을 이겨냈습니다

소녀는 하나의 아픔은 이겨낼 수 없었습니다

소녀는 나라 잃고 되찾지 못한 고통을 견딜 수 없었습니다

소녀는 오직 하나의 슬픔만 있었습니다

소녀는 나라에 바칠 목숨이 하나밖에 없는 게 슬펐습니다[62)]

소녀는 일제의 혹독한 고문을 죽음으로 이겨냈습니다

소녀는 이태원동 공동묘지에 묻혔습니다

소녀는 일제에 의해 유골이 훼손되고 잃어버렸습니다

소녀는 유골을 잃고 방황하다가

소녀의 얼은 초혼묘로 되살아 돌아왔습니다

소녀의 열여덟 수줍음 많은 미소는 흙 바람 새 나무와

소녀는 들꽃으로 영원한 누나로 부활했습니다

심훈의 『상록수』로 부활하다
—최용신[63]

배움은 지식만 쌓는 것이 아니다
배움은 지식을 살아가는 방편으로 삼는 게 아니다
배움은 지식으로 세상을 왜곡하는 건 더욱 아니다
배움은 지식을 삶으로 실천하는 것,
학교에서 얻은 지식이 삶에서 실현될 때
진실한 배움의 가치가 같이 사는 것이다

영신은 지식이 삶과 동떨어져
화장품이 되고 권력이 되는 현실에서
몸부림쳤다 벗어나고자 했다
가난과 무지가 만연해 피폐한 농촌
박제화된 지식으로 바꿀 수 없었다
그렇다고 앉아서 머리만 쥐어뜯을 순 없어

황해도 수안군 천곡면 용현리에서
경상북도 영일군 옥마동에서 마주한
농민과 농촌과 농업에 신학공부가
해줄 것이 없다고 여겨졌다
갈등과 자책에 빠져 결국 학업을 중단하고

수원군 반월면 샘골泉谷로 갔다[64]

의욕만 있다고 해서 다가 아니었다
맞서 싸워야 할 것은 가난과 무지만이 아니었다
주민들의 냉소와 비관주의는 거대한 암벽,
파리 안 잡아도 파리에 물려죽은 놈 하나도 없었다
책상물림 젊은 여자가 세상을 뭘 아느냐
말 한마디 몸 한 동작이 비수가 되어 돌아왔다

여기서 그만둘 수는 없었다
지성이면 하늘도 감동한다는데
순박한 농촌 사람들이 움직이지 않을 리 없다는
믿음만이 힘이었고 정성만이 기댈 언덕이었다
이 몸은 남을 위하여 형제를 위하여 일할 것입니다
일도 의를 위해서 하고 죽음도 남을 위해 죽게 하소서[65]

뜻이 굳으면 일은 이뤄지게 마련이었다
뒷짐 쥐고 있던 농민들이 모금활동에 나섰고
솔밭 주인 박용덕이 토지 1,500평을 기증했다
천곡강습소가 세워졌고
학생 110여명에게 배움터 되었다
주린 배 움켜쥐고 미래 위한 꿈 키웠다

영신은 또 한 번의 도약을 시도했다
일이 잘 풀린다고 예서 만족할 수는 없는 일,
농촌운동의 도화선 만드는 신지식과 구상 마련하려
일본 고베神戸여자신학교 사회사업학과에 입학했다
운명은 쉽지 않았다 과로와 영양부족으로
각기병에 걸린 몸으로 샘골로 돌아왔다

몸 하나 스스로 추스르기조차 힘들었어도
YWCA가 샘골강습소 보조금 지원을 끊었어도
병 든 몸이라고 한갓지게 누워 쉬지 않고
샘골과 한국 농촌을 살리고자 마지막 불꽃을 태웠다

나는 갈지라도 천곡강습소를
영원히 경영하여 주십시오
샘골 여러 형제를 두고 어찌 가나
애처로운 우리 학생들의 전로를 어찌하나
어머님을 두고 가매 몹시 죄송하다
내가 위독하다고 각처에 전보하지 마라
유골을 샘골강습소 부근에 묻어주오[66)]

영신은 죽지 않고 살아 있었다
안산시 상록구 본오동 879-4 상록수공원에
스물여섯 살 짧지만 길게 살았던 삶

그대로 부활해 도심都心의 허파로 돌아와
참새와 까치의 재잘거리는 보금자리로
샘골 사람들의 아픈 눈물을 닦아주는 쉼터 됐다

백 년 앞서 울리던 종소리 여전히 울리고
위대한사람이 되는데 네 가지 요소가 있으니
첫째가 가난의 훈련이요
둘째가 어진 어머니의 교육이요
셋째가 청소년 시절에 받은 큰 감동이요
넷째는 위인의 전기를 많이 읽고 분발함이라는
영신의 말씀도 여전히 가슴 속에 쟁쟁하다[67]

불가능의 벽 세 개를 모두 깨부수다

―김만덕[68]

앞이 보이지 않는다고 주저앉으면
앞에 절벽이 점점 커져 미래는 오지 않는다
앞이 캄캄해 아무것도 보이지 않을 때
앞 저 너머에 있는 빛을 보면 기적이 일어난다

열두 살에 엄마 아버지 모두 잃은
고아가 할 수 있는 것은 거의 없었다
기생의 몸종으로 기생되는 것만이 길이었다
남성 위주의 조선후기 제주도에선 특히 그랬다

여자가 육지로 나가는 것과
여자가 임금을 만나는 것과
여자가 금강산 구경하는 것은
하늘의 별을 따는 것처럼 불가능했다

그에게 그런 불가능은 없었다
김만덕은 비행기를 탔다
꿈을 갖고 행동해서 기적을 만들었다
육지로 나와 정조를 뵙고 금강산을 유람했다

기생을 운명으로 여기지 않고

양민이 되고 객주를 열어 큰돈을 벌었다

제주도에 태풍과 흉년으로 사람들이 굶어죽게 되자

쌀 오백 섬을 사서 통 크게 나눠주었다

사람 향기가 만리를 가듯 소문은

바람보다 빨리 달려 벽을 허물었다

굴레를 멍에가 아닌 디딤돌로 삼아

여성의 공간 크게 넓히는 길 만들었다

멋진 며느리, 멋진 아내, 멋진 어머니
—염경애[69]

고생이 끝나 웃으며 살만 하니
저승사자가 먼저 와 기다리고 있었다
알콩달콩 몇 년 더 사는 것보다
아쉬움을 안고 떠나는 게
영원히 사는 것이라는 역설은
단단한 돌로 만든 묘지석에 새겨졌다

하루라도 끼니와 옷 걱정을
하지 않으며 잠들지 못했던 여생女生

밤을 낮 삼아
길쌈을 하고 품앗이 다니면서도
4남2녀 교육을 옹골차게 한 모생母生

집안이 한미한데다 천성까지 강직해
늘 한직으로만 맴도는 남편을 대신해
홀시어머니를 공경한 부생婦生과 식생媳生

개성의 잘 나가는 귀족 집에서 태어나
스물다섯의 늦은 나이에 수원의 홀어미 모신
최루백과 결혼한 것은 인생人生을
기대하기 어려운 고된 일,

며느리 아내 어머니의 1인3역을
슬기롭게 해야 하는 벅찬 짐이었다

뼈 빠지게 일해도 나아지지 않는 살림살이에
남편을 붙들고 뒷날 내가 천한 목숨을 거두고
그대는 후한 녹봉을 받아 모든 게 뜻대로 돼도
제가 재주 없었다 여기고 가난을 막던 일을
잊지 말아 달라며 하소연도 했다

그래도 희망의 끈을 놓지 않았다
궁전의 섬돌에 서서 임금과 더불어
당신이 옳고 그름을 논하게 된다면
저는 가시나무 비녀를 꽂고 무명치마를 입고
삼태기를 이고 살더라도 달게 받을 것이라며
청렴과 강직을 잃지 말라고 당부했다

아들 셋을 훌륭한 유학자로 키우고
막내아들은 출가해 스님이 되었다
딸도 잘 키워 시집보냈고
막내딸은 아직 어렸을 때
남편이 정6품 우정언지제고右正言知制誥 됐을 때
몹쓸 병에 걸려 마흔일곱에 먼 길 떠났다

결혼하고 스물세 해 동안 동고동락했던
최루백은 하늘이 무너지는 듯 했다
자기를 위해 목숨까지 바치며 뒷바라지 해 준

부인의 헌신에 가슴이 먹먹했다
아내를 위해 할 수 있는 건
아내의 여생 모생 부생 식생과 인생이
잊히지 않고 영원히 기억되도록 하는 것

그치지 않는 눈물을 훔치고
붓을 들어 묘지명을 썼다

아내의 이름은 경애敬愛!
다시금 오열이 찾아들었다
고생만 하다 병이 들어 세상을 떠나니
당신의 한恨이 나의 한이 되는구려

저절로 흘러내리는 콧물을 닦는다
그대가 내게 준 믿음으로 맹세하노니
당신을 다시 만날 때까지 잊지 않으리라
무덤에 함께 묻히는 못하는 일 애통하고 애통하도다
아들과 딸들이 있어 나는 기러기 떼와 같은
부귀가 세세로 창성할 것이리라[70]

아름답고 조심스럽게 정숙했던 경애는
문자를 알고 대의大義에 밝았던 경애는
말씨와 일솜씨와 행동씨가 남보다 뛰어났던 경애는
최루백의 아내인 염씨가 아니라 어엿한
염경애로 거듭 나 영생을 살고 있다

수렴청정으로 조선왕조를 뒤흔들다
―문정왕후⁷¹⁾

샛됨이 비극을 만들었다
국모로서 모범을 보이며 사는 것보다
여자로서 살아남아야 한다는 강박감이
사인으로 가정을 일으켜야 한다는 소인배 기질이
정치를 공익이 아닌 사익을 구하는 수단으로 삼았다

경직된 사고가 참극을 키웠다
열일곱 살에 왕비가 되어
전 왕비가 낳은 왕세자를 맡아
공주 넷을 낳는 동안은 정성껏 돌봤으나
국모 된 지 십칠 년 만에 왕자를 낳자
세자를 미워하고 자기 아들을 왕으로 밀었다

아직은 때가 되지 않아
중종이 승하하고 인종이 즉위하자
사나운 발톱을 숨겼다
어쩔 수 없었다고 포기한 건 아니었다
기필코 자기 아들을 왕으로 만들려고
왕까지 휘두르는 절대 권력자가 되려고

효자 인종을 괴롭히고 괴롭혔다

왕의 어미인 태후로서의 위엄을 저버리고
오로지 권력을 탐하는 데만 머리를 쏟았다
병약했던 인종이 여덟 달 만에 승하하고
자신의 아들이 열두 살에 왕위에 오르자
꿈에 그리고 그리던 수렴청정을 시작했다

같은 파평 윤씨 친척이지만
윤임 일파의 대윤大尹을 몰아내고
남동생 윤원형의 소윤小尹이 정권을 잡으려
피 비릿 내 나는 을사 정미사화를 일으키고
승려 보우를 봉은사 주지로 임명해
강산이 두 번 바뀔 동안 국정을 휘둘렀다

권력은 사람 욕심대로 할 수 있었어도
사람의 목숨은 멋대로 뜻대로 되지 않았다
사람은 영원히 살 수 없고
권력도 무한히 이어질 수 없으며
무소불위 권력으로 목숨을 연장할 수 없는 것

때의 문이 닫히니
소윤 대윤이 무슨 소용이고

묘 이름을 태릉泰陵으로 짓고
능침과 석물을 크게 만드는 게
어떤 뜻이 있겠는가

내가 살기 위해 어쩔 수 없었다고 하지 마라
나를 죽이려는 사람 있을 때 나 혼자 죽으면 그뿐
죄는 나에게 돌아오지 않고 그들에게 넘어간다
내가 살려고 남을 죽일 때 그 책임은 고스란히
내 죄 계정에 차곡차곡 이자까지 붙어 쌓인다

당唐의 측천무후則天武后로 불린 당신은[72]
당신 이후 조선을 망국으로까지 몰고 갔던
수렴청정의 빗나간 권력투쟁의 잘못된 씨앗
뿌리고 키워 백성을 사랑하고 나라를 위해
일하고 싸운 무고한 인재를 사화 멍에 씌워
무수히 형장의 이슬로 떠나보냈다

그 무거운 죄를 어떻게 갚으려 하는가
억울하게 죽은 사람들의 용서받기 어려운
그 잘못의 대가를 어떻게 짊어지려 하는가
아무리 밝은 태양도 때가 되면 물러나는데
저렇게 붉게 눈 부라리면서도 어쩔 수 없이
달에게 자리 넘겨주고 어둠으로 사라지는데

욕심이 부른 참사였다

98

이름이 실제와 같지 않은 게 비극이었다
양지를 분수에 맞지 않게 지향하다
음지로 뜻하지 않게 떨어진 사람들
가을 넘어가는 석양에 부르르 떤다

사람은 죽어 이름을 남긴다
좋은 이름인지 나쁜 이름인지는
그가 살아서 한 행동이 결정하는데
돈과 권력의 욕심이란 함정에 빠진
자들은 그 쉬운 이치를 모른다

어거지는 어거지로 벌 받고
비양심은 비양심으로 이자 붙여 받는 것
낫 놓고 ㄱ자 모르는 아이도 아는데
지식의 노예가 된 허깨비들은
까맣게 몰라 손가락질 받는다

가을이 넘어간다
은행 잎 노랑 저고리 입고
애기단풍 잎 발간 치마 두르고
솔밭 사이로 난 길 넘어가는
햇님 따라 가을이 익어간다

남자와 시대의 허위의식을 허물다
—황진이[73]

내 언제 무신하여 임을 언제 속였관대
월침삼경에 온 뜻이 전혀 없네
추풍에 지는 잎 소리야 낸들 어이 하리요[74]

그것은 보복이었다
여자를 낮게 보려는 남자에게
여자를 인정하지 않으려는 성리학에
사람의 감정을 억누르며 젠체하는 허위의식에
온몸으로 저항하며 내린 판결이었다

그녀의 보복에
그녀의 판결에
삼십년 피나는 수행은
눈 깜짝할 사이에 무너져 내렸다
겉으로 센 것은 진정으로 강한 게 아니듯
말로만 드센 놈들은 모두 이마를 벗겼다

바람을 따라 살았다
스스로를 몽땅 버리고
그녀의 미모를 저 혼자 사랑하다 죽은

이웃 소년의 원혼을 달래주려고
엄마의 가슴에 못을 박았다

스스로 기생이 되어
남자를 다스리고
시대의 벽을 깨뜨리고
구역질나는 허위의식을
마음껏 비웃었다

청산리 벽계수^{靑山裏 碧溪水}야 수이 감을 자랑마라
일도 창해하면 다시 오기 어려워라
명월이 만공산하니 쉬어간들 어떠리[75]

나는 절대로 유혹에 넘어가지 않겠다고
호언장담했던 벽계수^{碧溪守}는
어느 달 밝은 밤 만월대를 둘러보다
말에서 고지식 덩어리와 함께 굴러 떨어졌다
체면을 따질 이성은 처음부터 없었던 것처럼
허우대만 멀쩡하고 거들먹거리는
가짜들에겐 가혹한 벌을 내리쳤다

말이 통하고 뜻을 같이 할 수 있는
진남眞男에겐 몸과 마음을 열었다
다음 날 아침 그대와 헤어진 뒤에
그리운 정이 푸른 물결처럼 길게 칠 것[76]
이라며 애틋함을 그대로 풀어냈다

육시무탄肉詩舞彈 공격에 꿈쩍하지 않았던
꽃처럼 아름다운 연못, 화담花潭은
그녀도 깨뜨릴 수 없는 큰 물이었다
불은, 아무리 센 불이라도 물로 끌 수 있어도
물로 물을 이길 수 없는 일이었다

동짓달 기나긴 밤을 한 허리 베어다가
춘풍 이불 아래 서리서리 넣었다가
어룬 님 오신 날 밤이어든 굽이굽이 펴리라[77]

하늘에서 내려온 선녀인 듯
땅에서 솟아난 미신美神인 듯
사람이 다가설 수 없는 아름다움과
사람이 한꺼번에 다 하기 쉽지 않은
시와 노래와 춤을 모두 갖추고
뭇 허깨비들의 애간장을 녹였던
밝은 달도 꽃 못엔 속수무책이었다

달은 물에 들어가려 발버둥 쳤지만
그 맑음에 도리어 튕겨 나올 뿐이었다
물은 달을 받아들이되 그 속에 빠지지 않고
달은 물에 다가갔으되 그것에 녹지 않았다
물은 물로 남아 달을 품었고
달은 달로 남아 물을 마셨다

물은 달과 하나 되어 은하수가 되었고
달은 물과 하나 되어 무지개로 빛났다
달은 물과 물은 달과 언제나 하나 되어
여산廬山보다 더 멋진 천마天騰와 함께[78]
송도松都에서 넘보지 못하는 벗이 되었다

처음이 있으면 마지막이 있고
마지막은 새로운 처음으로 이어지는 것
그녀의 죽음도 새로운 저항이었다

내 시체를 관에 넣지 말고 그냥
마을 밖 강변에 던져주세요
개미 솔개 까마귀의 먹이가 되게 해
뭇 여성들과 바람둥이들을 깨닫게 해 주세요[79]

물도 달이 떠난 뒤에야 마음을 열었다

마음이 어린 후이니 하는 일이 다 어리다
만중운산에 어느 님 오리마는
지는 잎 부는 바람에 행여 긘가 하노라[80]

마음은 마음으로만 전해지지 못하는데
마음은 말로 바뀌어야 마음으로 이어지는데
물은 마음을 달에게 줄 생각이 없었을까
도로 나무아미타불이 되지 않으려 했음일까
달은 물을 지족선사처럼 깨뜨리려 했을까

귀신 물리치고 아들을 병사兵使로 키웠다
—광주안씨[81]

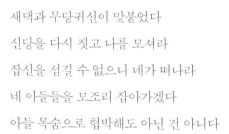

사람은 귀신을 무서워하지만
귀신은 사람을 어쩔 수 없다
귀신은 무섭다고 믿는 사람에게만 해코지할 뿐
귀신과 담판하는 기 센 사람 앞에선
하릴없이 줄행랑을 치고 만다

새댁과 무당귀신이 맞붙었다
신당을 다시 짓고 나를 모셔라
잡신을 섬길 수 없으니 네가 떠나라
네 아들들을 모조리 잡아가겠다
아들 목숨으로 협박해도 아닌 건 아니다

첫째 아들이 죽었다 그래도 굽히지 않았다
둘째 아들도 죽었다 여전히 흔들리지 않았다
셋째 아들을 낳았다 귀신이 다시 찾아왔다
이번에도 잡아가고 앞으로 아이가 없을 것이다
그래도 잘못된 것을 옳다고 할 수 없다

너의 뚝심에 내가 졌다

내가 어떻게 아이 목숨을 가져가겠는가
첫째 둘째는 어려서 죽을 운명이었을 뿐이다
셋째는 병사가 될 대인이 될 것이다
나는 더 이상 이 집에 나타나지 않겠다

아들 목숨보다 옳고 그름을 가리는 게 더 중요했다
귀신이란 약한 사람들이 만들어 낸 허상일 뿐
옳은 일을 꺾이지 않고 꿋꿋하게 밀고 나가면
하늘과 땅이 감동하고 사람이 도와주고
흔들리지 않는 믿음에 귀신도 두 손 든다

병사 어머니는 어렸을 때부터 남달랐다
정승 집 딸이면서도 소를 타고 다녔다
타고난 대담함과 거침없는 자유분방함이
시아버지의 마음을 첫눈에 사로잡았다
소심한 남편은 그녀 앞에만 서면 오그라들기만 하고…

첫날 밤 술상을 끌어다 먼저 한 잔 마시고
신랑에게 따라주니 벌벌 떨며 잔을 내려놓았고
각시 옷을 벗겨주지 못하고 우두커니 앉아있자
스스로 벗어 병풍에 걸어놓고 큰대자로 잠드니
신랑은 한 숨도 자지 못하고 집으로 돌아갔다

신부가 처음으로 시댁에 가는 신행新行 날
영남루에 들러 아름다운 경치를 만끽하고
늦게 시댁에 도착해서 신당에 절하라는 얘기를 듣고
사귀邪鬼를 모실 수 없다며 신당을 불태웠다
귀신과의 한판은 마을 서낭당의 신목神木까지
베어내고도 아무 탈 없이 지냈다

시집을 가면 그 집 새내기로서
벙어리로 3년 귀머거리로 3년 장님으로 3년을
살아야 한다는 새댁처세술의 탈을 쓴
남성 중심 지배이데올로기는 그에게
일찌감치 벗어던져야 할 구태였다

스스로 큰 인물을 낳을 몸이라는 자부심으로
합리적 신념을 버리지 않고 인간의 존엄성을 지켜
귀신도 다스리는 강한 아내와 어머니로서
아들과 손자 등 병사兵使를 일곱이나 배출한
일직손씨의 큰 할머니 되었다[82)]

107

1가난 2여성 3식민지, 3대 굴레를 현해탄에 묻다

—윤심덕[83)]

극심한 가뭄 속에서도 씨를 뿌렸다
까만 먹구름이 단비 되어 가까스로 싹을 틔웠다
따사로운 햇살 도움으로 잎과 줄기도 방긋 돋았다
땅의 기운을 받고 무럭무럭 자라는 것만 남았다

삶은 뜻대로 꿈대로 이뤄지는 만만한 게 아니었다
가난이 심술쟁이였다
첫 관비유학생 첫 소프라노라는 화려함 주었던
운명의 여신은 수선화의 자존심을 부러뜨렸다

식민지가 멍에였다
화창한 봄바람에 환생키를 바라는
울밑에 선 봉선화로 애써 틔운 싹이 잘렸다
잎과 줄기가 자랄 토양을 자갈밭으로 바꾸었다

여성은 굴레였다
첫사랑과 첫날밤처럼 설렛던 첫 여성성악가는
시퍼런 칼 날 위에서 추는 죽음의 춤이었다
나무 위에 올려놓고 흔드는 입방아였다

놀란 휘파람새는 노래하되 노래를 잃었다
다뉴브강의 잔물결은 현해탄의 너울에 묻혔다
마음이 두 개였으되 한마음이기를 바랬으나
가난과 식민지와 여성이란 코뚜레를 벗지 못했다

사람은 가고 넥타이만 남았다
인생은 서른으로 끝났고 노래는 길게 살았다
영화로 연극으로 소설로 텔레비전 드라마로
여성이 자유로워져야 세상이 자유로워짐을 보았다[84]

모가지가 길어서 슬펐고 구리처럼 휘어졌다
—노천명[85]

사슴도 목 길게 늘이며 슬퍼했을 것이다
목이 길어 슬픈 짐승이라고
관이 향기로워 무척 높은 족속이라고
잃었던 전설을 담은 향수를 어찌할 수 없다고[86]

자신을 알아주었던 사슴시인이
조국의 젊은이를
일제日帝 위한 전쟁터로 몰아넣는
반민족 친일에 시와 혼을 팔고
서울이 공산치하에 떨어졌을 땐
공산당을 위해 붓을 놀렸다

하늘도 천명天命을 아파했을 것이다
어린 기선基善은 몹쓸 병에 걸려
죽음의 문턱까지 갔다가 가까스로
삶으로 되돌아 온 뒤 천명이 되었다

이름을 바꿔 몸의 숨은 늘렸으되
몸의 주인인 정신과 얼의 숨은

도리어 짧아지고 있었다

천명도 천명을 원망했을 것이다
오 척 일 촌 오 푼에 이 촌이 부족해 불만이고
처신을 하는 데는 산도야지처럼 대담하지 못하고
조그만 유언비어에도 비겁하게 삼가며

대처럼 꺾일지언정 구리처럼 휘어지며 구부러지기 어려운
성격에 가끔 자신을 괴롭히던[87]
천명은 일제를 거부하며 대처럼 죽지 못하고
일제를 위해 구리처럼 휘어지고 구부러진
천명은 공산당 문우文友를 대처럼 자르지 못하고
공산당을 위해 구리처럼 구부러지고 휘어진
천명은 심술쟁이처럼 다가오는 천명을 울었을 것이다

그래서 천명은 외로웠을 것이다
일제에 버림받고 사랑에 버림받고 공산당을 버리고
평생 독신으로 마흔여섯 짧은 삶을 쓸쓸하게 마감하며
대처럼 꺾이지 못하고 구리처럼 구부러진 삶을 돌아보고

어느 조그만 산골로 들어가 이름 없는 여인이 되어

마당엔 하늘을 들여 놓고 밤이면 별을 안아 외롭지 않게

놋양푼 수수엿을 녹여 먹으며 여왕보다 더 행복할 것이라던[88]

천명은 구리처럼 휘어져 외로웠던 삶을

뒤에 오는 사람들이 되풀이하지 않기를 바랐을 것이다

어제 나에게 찬사와 꽃다발을 던지고

우레 같은 박수를 보내주던 인사들

오늘은 멸시의 눈초리로 혹은 무심히

내 앞을 지나쳐 버린다는 것을[89]

뼈저리게 깨달았을 것이다

천 억이 대수랴, 백석 시詩 한 줄만도 못한 것을
―김영한[90]

받으세요
받을 수 없습니다
꼭 받으셔야 합니다
이것도 인연인가 봅니다
십년 동안의 줄다리가 끝났다
요정 대원각은 법정 스님의 길상사로 거듭났고
기생 자야였던 김영한은 길상화로 활짝 피었다

진흙탕 연못에서 핀 연 꽃이었다
대지 7,000여 평 건물 40여 개, 1,000억 원 넘는 재산은
백석의 시 한줄 값어치만큼보다도 못했다
가족을 위해 이팔청춘에 스스로 기생이 된
진향眞香은 자야로 백석을 살렸다

삶은 뜻하지 않은 곳에서 멋진 인연을 마련했다
운명은 일본 유학 갔던 진향을 함흥으로 데려갔고
영생여고 선생이던 백석을 만나 첫눈에 반했다[91]
죽음이 갈라놓을 때까지 이별은 없을 거라 다짐했다
부모의 눈을 피해 서울로 온 둘은 청진동에
아슬아슬한 신방을 차렸다

인생은 단막극이 아니었다
달콤한 날이 꿈결처럼 지나고 2막이 올랐다
기생을 며느리로 들일 수는 없다는
아버지의 고집을 시대의 인식을 피할 수 없었다
부모들끼리 정해 놓은 결혼식에
백석은 억지로 끌려갔다 첫날밤에 자야에게 갔다

2막은 모두에게 상처를 남겼다
시집온 처녀는 인습의 피해를 고스란히 뒤집어쓰고
자야는 신혼을 망쳐버린 가정 파탄자가 됐고
백석은 만주로 도망가서 함께 살자고 했다
자야는 조용히 머리를 가로저었다

백석은 고개 떨군 채 신경新京으로 떠났고
운명의 여신은 둘의 삶을 비극으로 끝내려 했다
이데올로기 귀신이 나라를 38선으로 갈랐고
둘의 사랑은 목을 늘이고 가슴을 태우게 했다
백석은 북쪽에서 자야를 그리워했고
자야는 남쪽에서 백석을 위해 돈을 벌었지만
더 이상 얼굴을 볼 수 없었다

사랑이 이념보다 강했다
사랑이 권력보다 길었다
사랑이 삶과 죽음으로 갈라놓은 금

사랑이 억지로 그은 금 뛰어 넘었다
사랑이 모든 걸 바꾸었다

바람결 따라 마음 가는대로
꽃무릇 눈시울 붉히는 만큼
시와 사랑과 믿음으로 머물러
여인들이 옷 갈아입던 팔각정엔
범종이 장엄하게 울렸다
백석은 백석문학상으로 살아났다

속세 술 내음이 이세離世 묵향으로
익어갈 때 그님이 갔다
그님이 떠나고 그님이 잠들었다
가진 것은 꽃 한 송이 발갛게 밝힌
담벼락 밑의 한 줌 재

지긋한 웃음이
넓은 품과 너그러운 가슴 내주고
첫가을 낙엽 예약하며
자야는 백석과 법정을
하나로 이으며 한 물로 흘렀다

4 / 그날이 올 때까지

남편 아들과 사별의 슬픔을 『토지』로 이겨내다

−박경리[92]

흙에서 와서 토지를 쓰고 흙으로 돌아갔다
버리고 갈 것만 남아서 참 홀가분했다[93]

하늘이 그를 낳았을 때 하도록 했던 일
반드시 이루도록 그토록 많은 시련을 주었다
스물다섯 살, 황해도 연안중학교 교사였을 때
6.25남침이 일어났고 죽고 죽이는 난리 통에
남편과 사별 당했다

네 살 아들과 다섯 살 딸 남긴 채,
이념은 피비린내로 평화를 깨뜨렸고
동족상잔은 신혼가정의 단꿈을 산산조각 냈다
이웃은 적이 됐고 원한은 또 적을 만들었다
전쟁은 끝났지만 사는 건 또 전쟁이었다

어렵사리 신문사와 은행에 자리 얻어
일하면서 글을 썼다
글쓰기는 잿더미로 변한 서울에서
남편마저 떠난 폐허 속에서 두 아이와
살아갈 수 있는 유일한 탈출구였다

시련은 끝나지 않았다

서른이 넘어 본격적인 문학 활동을 시작했을 때
열 살 밖에 안 된 아들이 갑자기 아빠 따라 갔다
하늘도 무심하다는 게 이런 것이었다
하늘이 무너진다는 것을 온몸 온 맘으로 겪었다

그래도 살아야 했다
불행을 원망하지도, 불행에 숨지도 않았다
오로지 글 속의 삶으로 승화했고
오로지 글 속에 쉼터를 마련했다
오로지 글 속에 오늘과 내일이 있었다

병인 기해 을축 병술, 사주팔자가
무너질 수도 있었을 삶을 잡아 주었다
추운 겨울에 따듯한 태양을 받아 잘 큰
꽃나무가 아름다운 향기를 널리널리
퍼뜨리며 사람들의 사랑을 받았다[94)]

마흔넷 불혹不惑이 됐을 때
토지土地를 쓰기 시작했다
원주시 단구동으로 이사해
예순아홉까지 스물다섯 해 동안
토지에 매달렸다

글이 게으름피울 땐 호미를 들었다
글이 앙살부릴 땐 삽으로 땅을 팠다
글이 배곯는 소리 낼 땐 닭똥 밥을
열무 고추 토마토 도라지 얼갈이배추에
듬뿍듬뿍 퍼 먹여 주었다

글에서 삶과 죽음은 하나가 됐다
글에서 찢어진 역사는 다시 이어졌다
글에서 갈라진 계급은 서로 화해했다
글로 권위를 만들었고 사표로 존경받았다
글이 삶을 지탱했고 글이 죽음으로 이끌었다

다시 태어나면
일 잘하는 사내를 만나
깊고 깊은 산골에서
농사짓고 살고 싶다[95)]
훌륭한 작가가 되느니보다
차라리 인간으로서 행복하고 싶다

그의 바람은 시대에 대한 역설이었다
그의 바람은 선량한 개인에게 너무 많은 것을
요구한 잘못된 역사를 바로잡아야 한다는
의무를 그의 모진 인생에 빗댄 것이었다
흙으로 돌아가기 전에,
노벨문학상 받아야 한다고 남긴 마지막 숙제였다

성리학에 병든 유학을 되살리다

—임윤지당[96]

인재는 홀로 키워지지 않는다
새로운 사상은 외롭게 만들어지지 않는다
앞에서 이끌어주는 참 스승과
뒤에서 밀어주는 든든한 후원자와
스스로 발분망식發憤忘食하는 노력이
비빔밥처럼 멋들어진 맛을 낸다

오빠 임성주는 늘 버릇처럼
네가 대장부로 태어나지 못한 게 한스럽다며
효경 소학 대학 논어 중용 등을 가르쳐 주었다
일찍 여읜 아버지의 텅 빈 가슴을
자유로운 학문세계로 말없음표로 채웠다

시댁도 밝게 트인 집안이었다
남편 신광유는 일찍 귀천하기까지
팔년 동안 글 읽는 부인을 귀하게 여겼다
시동생들은 형님과 사별한 청상과부를
어머니처럼 섬기며 글 읽는 것을 본받았다

임윤지당 스스로도 마음 굳게 나졌다

나는 부인의 몸이지만
하늘이 준 성품에는 남녀 차이가 없다는 이치
낮엔 일하고 밤에 새벽 늦게까지 공부하며
성인도 우리와 똑같은 사람임을 깨달았다

성녀 태사太姒와 성인 문왕이
분수가 달라 서로 다른 길을 걸었지만
타고난 성품대로 최선을 다한 것은
하늘에서 받은 이치가 같음을 알아
처지 달랐어도 결과 똑같았을 것이라 가르쳤다

가난하지만 올곧은 양반 집에서
태어난 것이 행운이었다
일찍 되풀이해서 찾아온
죽음은 안으로 채찍질하는
엄한 스승이었다

여덟 살에 아버지 여읜 것
스무 살에 갓 태어난 딸 가슴에 묻은 것
스물일곱 살에 지아비와 사별한 것
예순일곱 살에 양자를 먼저 떠나보낸 것
예순여덟 살에 스승처럼 아버지처럼
따르고 모셨던 오라버니마저 귀천한 것

하늘이 무너지고 땅이 꺼지듯 아팠지만
울며 신세한탄하지 않았다
시련은 극복하라고 있는 것
한계는 도전하고 금기는 깨는 것
슬픔은 가슴 저 밑 깊숙이 말아 넣는 것

묵묵히 해야 할 일 다 하고
드러나지 않게 하고 싶은 일도 다 했다
듬직한 뫼처럼 조용조용 살았어도
그 뜻은 하늘이 알고 땅이 알고
남동생과 시동생이 마음으로 몸짓으로 알았다

독서는 장부丈夫의 일이고
여성은 집안 일 하기도 바쁜데
어느 겨를에 책을 읽고 외우겠는가라는
이데올로기 절벽을 영조와 정조 때 찾아온
문예부흥의 물결을 타고 넘었다

남녀 구별은 있되 차별이 없으니
믿음이 두텁고 책임에 정성 다하는 게
사람이 마땅히 해야 할 도리,
오롯이 걸어온 일흔셋 평생을
시커멓게 탔을 가슴을 하늘에 맡겼다

마침은 끝이 아니고 새로운 시작,
동생과 시동생이 힘을 모아
윤지당유고를 삼년 동안 만들었다
남성 중심의 고착된 조선에서
그는 여성 성리학자로 우뚝 섰다

마음은 본래 비어 있어
들고 나는 것이 때가 없네
잡으면 보존되고 놓으면 없어지니
미세한 기미를 살피고 막음이
마음 다스리는 법칙이라네
잘 다스리면 성인 되고
다스리지 못하면 미치광이 된다네[97]

꽃은 피웠지만 열매는 맺지 못했다
—최승희[98)]

하늘에서 부여받은 끼를
시대와 이념에 착취당하고
가난에 쩌든 삶에서 제멋대로
자라난 사치벽에 스스로 무너졌다

시대 때문이었다고
시대 때문에 사치를 했고
시대 때문에 친일활동에 참여했다고
남편과 이념 때문이었다고
남편 때문에 북으로 넘어갔고
이념 때문에 무용이 삶처럼 망가졌다고

하소연할 수도
하소연할 곳도
하소연할 생각도 할 수 없었다
할 말 많은 사연은 그저
가슴 속에 묻고 삭히다 갈 뿐이었다

살면서 문득문득 마주치는
벽과 시련이 견디기 힘들었고

보릿고개 넘었다 싶으면 더 아픈
상처가 뺑덕어미처럼 이어졌다

시골에서 태어나
숙명여자보통학교에 들어갈 때까지만 해도
인생이 그렇게 꼬일 거라는 상상은 하지 못했다

하루하루 끼니를 걱정할 정도로
가정형편이 갑자기 나빠지자
구두쇠가 되어 심하게 사치하는
이중성격으로 고독을 씹어야 했다

교사가 되어 가계에 도움이 되려고
경성사범학교 입학시험을 보아
860명 가운데 7등 성적을 올렸지만
100명 정원 앞자리를 차지했지만
합격이 취소됐다 나이가 어리다는
이유같이 않은 이유가 첫 번째 시련이었다

300엔에 팔려 기생되러 간다는
헛소문을 들으면서 일본으로 건너가
이시이 바쿠 문하에서 무용을 배웠고
타고난 끼와 해내야 한다는 악착이
궁합을 이뤄 이름을 얻게 되자

병든 스승을 냉정하게 배신한 뒤
조선으로 돌아와 야심만만하게
최승희무용연구소를 만들었다

운명의 여신은 그렇게 친절하지도
그렇게 호락호락하지도 않았다
남편이 일제경찰에 체포되고
임신과 출산 뒤 급성늑막염에 걸려
죽을 고비를 가까스로 넘겼다

두 번째 시련을 품어준 스승에 기대
터전을 닦고 다시 홀로서기에 나섰다
훌륭한 춤꾼이 있다면 지방과 기생도
가리지 않고 찾아가 전통춤을 배웠다
전통과 현대를 융합한 신무용으로
미국 유럽 남미에서 순회공연하며
헤밍웨이 채플린 피카소 콕토 같은
거장들과 관객으로 사귀었다
로버트 테일러는 최승희의
헐리우드 영화출연도 알선해주었다

일제가 일으킨 태평양전쟁은 세 번째 시련이었다
헐리우드 영화진출이 백지화되고
일본군 위문공연에 출연해 국방헌금까지 내

해방 후 친일파로 욕먹을 수밖에 없었고
그 손가락질 피하려고 남편 따라 월북했다

시대를 스승으로 삼았던 그는
시대의 희생이 되었던 그녀는
일제강점과 좌우대립과 동족상잔의
삼각파도에 휩쓸렸던 천재는
이념의 허구성을 보지 못했다

남편을 설득하려 하지 않고
친일을 탓하는 남쪽을 피해 남편 따라
북으로 가 권력투쟁의 제물이 되어
화려하게 피었던 꽃이 열매를 맺지 못하고
빈 쭉정이로 시들어 버리는 운명에 빠져버렸다

모든 게 다 내 탓이었다
가난을 벗어나려 구두쇠 사치꾼이 된 것도
일제강점의 멍에를 친일로 더 옭아맨 것도
친일이란 딱지를 벗으려 이념에 기댄 것도
산목숨을 위해 사람사냥에 참여했던 것도
가난도 시대도 남편도 이념의 탓도 아닌

모두 다 내 탓이었다
나의 잘못된 처신으로

하늘이 어렵게 준 재주를
꽃만 화려하게 피우고
열매를 맺지 못하는 아픔을
개인과 사회와 나라의 고통을
고스란히 함께 짊어져야 했다

강남스타일과 기생충과
방탄소년단이 누리고 있는
한류열풍을 70년 전에 거의 만들다
식민과 이념과 사치라는 삼각파도에
열매 맺지 못하고 허망하게 무너졌다

신여성에서 비구니 되어 삶을 마친 뜻은

―김일엽[99)]

돌계단은 삶의 멍에였다
디디고 디뎌 이겨내야 할 멍에
밟고 밟아 벗어던져야 할 멍에
외로움과 편견이란 시대의 벽에
둘러싸여 끝없이 신음했던 멍에

덕숭산 꼭대기까지 디딜 발 생각해
정성스럽게 돌 한 개 한 개 다듬어
놓은 마음까지 떨쳐버려야 할 멍에
하루 이틀에 자유로워질 수 없는 멍에
뼈를 묻어도 벗을 수 있을지 모를 멍에

어렸을 때 고아가 된 것이 병이었고
어린 마음에 생긴 외로움이 키운 멍에였다
죽음이 뭔지 사는 게 뭔지도 모를 다섯 살 때
엄마가 동생을 낳다 저 세상으로 떠났고
아래로 태어난 동생들이 차례차례 죽었다
버팀목이었던 아버지마저 열일곱 살 때
감기지 않을 두 눈을 기어이 감았다

감당하기 힘든 고통을 학교에서
외할머니 덕분으로 학교에서 달랬고
외로움을 이기려 이화학당을 졸업하자마자
화촉을 밝힌 40대 독신 화학교수의 지원으로
일본으로 유학을 떠나 신학문을 배웠다

시절 인연은 나혜석 김명순 등으로 이어져
3.1대한독립만세 함성이 울려 퍼진
이듬해 귀국해 잡지 〈신여자〉를 창간했다
개조는 포탄에 신음하던 인류의 부르짖음이요
해방은 방안에 갇혀 있던 여자들의 부르짖음이다
사회를 개조하려면 가정을 개조해야 하고
가정을 개조하려면 여자를 해방해야 한다[100]

조혼과 축첩에서 벗어나
자유롭게 연애하는 것
새로운 길을 만드는 일은
수많은 반대에 부딪치는 것
새로운 사상을 정착시키는 일은

더 많은 손가락질을 받는 것

신여자의 길은 쉽지 않았고
네 번으로 거친 삶을 접어야 했다
하나의 끝남은 다른 하나의 시작이요
시작은 어떤 방향으로 펼쳐질지 모르는
불확실한 운명과의 한판 승부였다

남편과 헤어져 일본에서
새로운 것을 모색하다 만난 것은
삶을 더욱 옥죄게 만드는 모순이었다
일본인 오다와의 임신은
결혼에 이르지 못한 채
아들을 낳고 방황으로 이어졌다

구원자처럼 다가온 유학생 시인도
머물 곳은 아니었다
남이 먹던 음식이나 입던 옷은 싫어하면서
남의 남자는 싫어하지 않는 심리는 무엇인가[101]
자신을 비아냥대는 소리가 들려도
보석으로 만든 그릇이 깨져 못쓰는 것과 달리
정조는 물질 같은 고정체가 아니라
사랑이 있는 동안에만 있는 것이라며[102]

그 시인을 믿었지만 발등을 세게 찍혔다

시련은 고통으로 고통은 출가로 이어졌다
불교신문 사장과 칠팔 개월 사귀다 헤어지고
재가승과 재혼했지만 곧 이혼하고 나니
몸과 마음은 더 이상 가누기 힘들 정도로
무너져 내렸다 의지할 지팡이가 필요했다
따듯하게 보듬어줄 둥지가 절실했다

서른일곱 살 때 수덕사 문을 두드렸다
기댈 언덕이 돼 준 만공滿空은
붓을 꺾으라 했다
오직 하나 기댔던 붓을
잃은 마음은 갈피잡지 못하고 흔들렸다

덕숭산 돌계단을 오르내렸다
살려고 오른 산길도 당장은
살길이 아닌 듯 했다
멍에에 멍에가 쌓이고 쌓여
발걸음 내디딜 때마다 멍에에 채였다
수덕여관의 초롱불이 흔들릴 때
애써 찾아온 벗 애써 돌려보내고
애써 덕숭산 꼭대기를 찾았다

시간만이 약이었다
한 해 두 해 세 해….
물처럼 시간이 흐르고
바람처럼 멍에도 흐르고
꿈결처럼 사람이 떠나고

서른여덟 해가 흐른 뒤에
한 잎은 연잎이 되고
멍에는 바람이 되었다
돌계단은 다리가 되어
삶에서 떼 낸 멍에를
죽음에서도 말끔히 떼어주었다

천재시인을 요절하게 만든 5각 파도
—허난설헌[103]

산다는 것은 내 마음대로만 되는 게 아니었다
확 트인 동해 바다와 드넓은 백사장을 동무 삼고
고래 등처럼 이어진 대관령 굽이굽이 마루 금
타고 넘어가는 붉은 노을을 벗 삼아 마음껏[104]
펼치려던 소녀의 꿈은 피지 못하고 스러졌다

시대를 앞서 간다는 것은 목숨마저 걸어야 했다
때보다 먼저 튼 싹이 꽃샘추위에 생사 오가 듯
둘째 오빠의 칭찬 들으며 자유롭게 키운 시재詩才는
시 쓰는 며느리를 받아들이지 않은 시어머니와
속 좁은 남편과 일찍 떠난 아이들, 친정의 몰락
여성의 숨통을 꽉 틀어막은 성리학 이데올로기,
한꺼번에 밀려오는 5각 파도에 산산조각이 났다

여덟 살 때 광한전 백옥루 상량문. 한시를 지어
어린이의 한계와 여성의 굴레를 모두 벗어내고
가상 신선세계의 주인공 되겠다던 천재시인은
결혼이 무덤 되는 조선 중기 구성의 오류에
휩쓸렸다 질투는 죽음의 늪이고 개미지옥이었다

나보다 잘 난 사람을 받아들이지 못하는 밴댕이
나보다 잘 하는 사람을 끌어내리려는 콤플렉스

남자보다 뛰어난 여자를 인정하지 않는 자폐증
여자를 사람으로 대우하지 않으려는 고집불통
엉덩이에 뿔난 못난이들의 집단살인이었다

부용꽃 붉은 스물일곱 송이 서리 내린 달에
차갑게 떨어진다는 시를 짓고 스물일곱 살에[105]
아픈 삶 훨훨 털어냈다 자신이 지은 시 모두
태워버리라는 유언을 남겼다 고종명 못했는데
흔적을 남기는 것은 부질없다는 뜻이었다

그래도 최고는 최고를 알아봤다
홍길동전 지은 남동생 허균이 누나의 남은 시로
난설헌집 만들었고 명나라 사신 주지번朱之蕃이
중국에서 발간했다 분다이야지로文台屋次郎도
일본에서 간행했다 조선에서 일찍 진 설란雪蘭은
그 멋과 향을 먼저 알아본 외국에서 활짝 피었다

차라리 홀로 있는 게 좋았다
도둑맞은 봄 해 뉘엿뉘엿 기울 때
아래에 있어 되레 높아지는 뜻
사백년 지나 파릇파릇 돋았다
자못 심각한 것은 가야 할 길
아직 찾지 못한 것 드러내고
부드러움이 거셈 이겨낸다는 것
죽음이 삶보다 훨씬 오래라는 것
두 달이 풀과 연못에서 알려주었다[106]

오만 원 지폐의 주인공이 된 사연을 아시나요
—신사임당[107]

어진 어머니와
참된 스승이던 아버지,
자상한 남편을 만난 것은
하늘이 내려 준 복이었다

어머니는 무남독녀로
부모의 깊은 사랑을 받으며 학문을 배웠고
결혼한 뒤에도 친정에서 살도록 해
허난설헌 같은 시집살이를 겪지 않았다

아버지는 순박하고
지조가 굳은 선비로서
딸 다섯을 엄격하게 가르치면서
둘째 사임당을 특별히 사랑했다
이 딸을 시집보내기 서운하다며
열아홉 살 결혼할 때까지 간신히 버티다
마흔일곱 이른 나이에 귀천했다

으뜸으로 빼어난 이원수는

아내의 예술가 자질을 인정하고
아내의 말에 귀를 기울이며
아내의 작품을 벗에게 자랑하는
가슴이 넓고 따듯한 사나이었다

집안 사정이 좋다고 해서
천운만 믿고 낭비하지 않았다
시와 그림과 글씨로 이름을 떨친 것은
스스로 꽃 피운 사람 복이었다

하늘에 하나 바다에 하나 경포호에 하나
술잔에 하나 임의 눈동자에 하나
다섯 개 달이 뜨는 아름다운 경포대와
서울과 강릉 오가는 아흔아홉 굽이굽이
대관령 멋진 산수는 그대로 벗이었다

네 살 때 아버지에게 글을 배우고
일곱 살 때 안견을 본 떠 그림을 그리고
멋진 산수山水를 사랑하는 연하고질煙霞痼疾이
아들 넷 딸 셋을 낳아 대학자와 예술가로 기르는
튼튼한 마음 밭이 되어주었다

모든 게 순조로웠던 것만은 아니었다

삶은 물 흐르듯 조용하게 굴러가지만은 않았다
남편은 성품이 호탕해 살림살이를 돌보지 않아
사임당이 어려운 가정형편을 꾸려나갔다
희첩姬妾을 꾸짖지 않고 따듯한 말과
부드러운 얼굴로 안으로만 삭혔다

평생 한량이던 남편이 쉰 살에 겨우
수운판관水運判官 자리를 얻자
두 어깨에 지고 있던 짐을 내려놓았다
이제 한 시름 놓아서 좋겠다고 할 때
산 맑고 물 맑으며 사람도 맑은
삼청동에서 마흔여덟의 짧은 삶을
맑고도 맑게 미련 없이 떠났다

그가 살던 오죽헌 몽룡실夢龍室은
율곡이 태어난 방이라고 이름 떨치고
그의 넋은 파주 자운서원에서 쉬고
그의 얼은 오만 원 얼굴로 사랑받는다

사랑과 행복으로 대장암을 이겨냈다
—이해인[108)]

얼굴에 하늘이 활짝 피었다
억지로 꾸민 것 하나 없이
티 모두 털어 맑은 어린이 마음이
봄 하늘 발간 꽃 봉우리처럼
가을 하늘 하얀 벚꽃 향기처럼
있는 그대로의 모습으로
우리들에게 화살표를 보여준다

해방되기 두 달 앞서
가람 솟아나는 첫 터
양구에서 생명의 목소리 터뜨리고
온 물 갈마드는 넓고 편한 바닷가까지
큰마음으로 펼쳐지는 삶 한 자락이
사랑이 되고 행복이 되었다

사람이 만든 테두리를
종교라는 이름으로 쳐 놓은 높은 담을
사랑과 행복이란 이름으로 깨부수고
시인이란 행동으로 무너뜨려
막힌 세상을 닫힌 가슴을
뻥뻥 뚫는 일을 마다하지 않았다

사람이 걸어가야 하는 길
사람이 삶에서 죽음으로 멋지게 이르는 길
사람이 사람의 향기 듬뿍 뿜어내는 꽃 길
만들어 내려 온몸 온 마음 바치는 길에
스스로의 몸은 막히고 있었다

캔서…
대장암이라는 말을 들었을 때
지금 당장 수술 받아야 한다는
냉정한 한마디 사막 바람처럼 들었을 때
차가운 바위에 내동댕이치는 것 같은
설움에 눈물이 핑 돌았다

대장과 직장을 삼십 센티미터나 잘라냈다
생존할 확률이 30% 미만이라는 말을
담담하게 생사로 받아들이며
유서를 쓰고 영정 사진도 찍었다
그저 모든 일에 감사할 따름이었다

그래도 그 한마디는 섭섭했다
고기를 즐겨 먹었느냐는

두 마리 개에 사로잡혀 툭 내뱉은
그 한 마디가 송곳이 되어
몸 여러 곳으로 퍼진 암세포보다
더 얄밉고 더 서운하고 더 아팠다

그래도 가슴에 오래 품지 않았다
오해는 그들의 몫이었고
이해는 내가 해야 할 일이었다
질투는 닫힌 사람들의 업보였고
사랑은 열린 사람들의 행복이었다
죽음은 막힌 이들의 고통이었고
살림은 활짝 핀 이들의 기쁨이었다

서른 차례의 항암치료와
스물여덟 번의 방사선치료를
소풍가는 것처럼 기쁜 마음으로
그님을 만나러 가는 설레는 가슴으로
더 밝은 다음 날을 맞이하는 맑은 눈으로
받아들이고 마음을 다해 빌었다

유혹이 꿀벌에게 은목서처럼 다가왔다
암을 고치는데 효험이 크다는 신비의 영약이
유명세를 타고 밀려들어와도
좋은 것은 이웃에게 나눠주고
너무 비싼 것은 되돌려 보내고

오로지 주치의 처방만 따르며
흔들리지 않은 마음만 지켰다

'찔레꽃'을 만들었다
위 자궁 난소 유방에 암이 걸린
수녀들을 모아 고통의 가시와 함께 했다
장미보다 화려하지는 않아도
누나 닮아 수수하고 아리지만
보릿고개 함께 토닥이며 넘은
힘 본받아 이겨내자는 뜻이었다

운명運命은 내가 명을 운전하는 것
하늘의 경고를 옳게 받아들이고
땅의 가르침을 곧이곧대로 따르니
사람은 저절로 나아진다는 것

얼굴 찡그리지 않아도
가슴 찢어지지 않아도
세상을 살만하다는 것
사랑은 행복이라는 것
삶은 화살표라는 것
보여주는 것 보고, 보고 보여주고 있다

봉건왕조 완강한 편견 깨고 부부평등 실현했다
—송종개[109]

내가 해야 할 일을 정성껏 다하고
남편이 해야 할 일을 떳떳하게 요구하니
남편도 기분 좋게 받아들이고
서로를 알아주는 지음知音으로
부부평등을 500년 전에 실현했다

종성으로 귀양 가 있는 동안
시중들라고 보낸 여종을 첩으로 맞아
딸을 다섯이나 둔 남편을 탓하지 않았다
시앗을 보면 돌부처도 돌아앉는다는데
소실과 딸들을 자신의 친자식처럼 키웠다

남편이 없는 동안에 시어머니 3년 상을
혼자 정성껏 치른 뒤 삼천리 먼 길을 나섰다
나 혼자 편하자고 한 게 아니었다
가정을 지키고 나를 찾기 위한
어렵지만 효과적인 방법을 택한 것이었다

권리는 스스로 요구해야 얻을 수 있고

권리는 착실히 관리해야 지킬 수 있으며
남들이 밖에서 주는 권리는 사상누각이고
남들에게 구걸하는 권리는 바람처럼 빠지는
섭리를 깨달아 내린 처방이었다

홍주 송씨 가문의 대쪽 같은 성격으로
덕봉은 남편 미암을 따끔하게 가르쳤다
술과 색을 멀리하며 살았다고 자랑하자
그깟 금욕적 삶을 어린아이처럼
자랑하지 말라고 타일렀다

겉으로 어짊과 옳음을 베푸는 폐단과
남이 알아주기를 바라는 병폐가 있다
나 홀로 시어머니 3년 상 치르고
삼천리 길 찾아간 것 어느 것이 낫냐며
이순^{耳順} 남편에게 직격탄을 날렸다

친정아버지 비석 세우는데 도와달라고 했으나
전라감사 남편이 친정에서 알아 하라고 하자

가짜 화목함을 자랑하지 말고 내 편지 읽고
군자라면 똥고집보다 융통성이 있어야 한다고
또박또박 똑바로 하라고 다그쳤다

덕봉이 보낸 착석문斲石文에는
결혼 첫날 장인이 사위를 좋아하던 일과
미암이 장인 상 때 소식素食했을 뿐
삼년 동안 한 번도 제사지내지 않았음이
적나라하게 적혀있었다

덕봉을 사랑하고 양심적이었던 미암은
계면쩍은 헛기침을 하고 청을 들어주었다
미암은 한 걸음 더 나아갔다
아내가 지은 한시 서른여덟 수를 모아
덕봉집으로 만들어 주었다

눈 내리고 바람이 더욱 차니
냉방에 앉아 있는 당신 생각에
술 한 잔 보내니 찬 속을 덥히라고[110]
미암이 엿새나 집에 들어가지 못한 겨울 밤
시 한수와 모주 한 동이를 보내자

국화잎에 눈발이 날리어도

촛대 밝힌 따듯한 방이 있고

추운 집에서 따듯한 술 받아

뱃속을 채워 매우 감사하다고[111]

덕봉은 정다운 시로 답장했다

신사임당보다는 어리고

허난설헌보다는 손위면서

동시대 여성 문인으로 이름을 날렸음에도[112]

명성이 사임당 난설헌보다 못한 것은

누구의 잘못, 어느 누구의 탓이었을까

아들이 대학자가 아닌 게 원인이었을까

동생이 시집 만들어 북경에 가지 않아서였을까

남편은 훨씬 나았는데도

역사 창고에 깊숙이 숨어 있던 것은

역시 남성위주 지배이데올로기 때문이었다

바보 온달을 명장으로 키워낸 울보
—평강공주[113]

단양 온달산성에는 온달이 가득하고
서울 아차산성에는 온달이 그윽하다
온달은 꽉 찬 보름달,
온달이 뜰 때마다 평강공주가 보인다

울보는 보기 싫은 녀석들
떼어놓기 위한 눈가림이었다
진정으로 나라 사랑하고
진심으로 백성 위하는
그 사람 키우기 위한 심모원려深謀遠慮였다

차츰 세지는 중국대륙에 대항하기 위해
고구려 힘 키워야 하는데
기득권 노래 부르는 권문세가 귀족들
새로 정권 잡은 철부지 권력자들
나라와 백성보다는 자기 밥그릇 키우는 데만
눈 벌건 모습 내버려 둘 순 없었다

노심초사하는 아버지,

평원왕에게 깜깜한 밤에 봉화烽火를 올렸다
왕은 똑똑한 공주가 보낸 뜻을 알아차렸고
일가친척 패거리들 잇속 챙기느라
눈알 시뻘겋던 놈들은 웬 봉환가 했다
어린 딸은 때와 장소를 가리지 않는 울보가 됐다
공주는 바보온달에게 시집가도록 판을 짰다

울보는 아무 것도 모르는 울보가 아니었다
울보는 눈과 힘과 지혜 갖춘 벤처사업가였다
울보는 바보에게서 자라고 있는 장군 싹을 보았다
울보는 옳다고 믿는 것을 추진하는 힘이 있었다
울보는 차근차근 하나씩 실행하도록 기획했다
울보는 온달과 시어머니를 끝까지 설득했다
울보는 앞서는 것과 뒤에 하는 것 깨달아
자기와 온달과 평원왕이 걸어야 할 길을 얻었다

운명은 정해진 게 아니었다
운명은 선택으로 바꿀 수 있는 것이었다
운명은 약한 사람에겐 가혹하지만

운명은 길 얻은 사람에겐 순한 양이었다
바보는 장군이 되었고
울보는 대박을 터뜨렸다

그러나
대박이 끝은 아니었다
꽃은 피는 게 다가 아니듯
예쁜 꽃은 열흘 이어 피지 않듯
운명은 수레바퀴처럼 돌고 도는 것이었다

아버지가 하늘로 돌아가시자
시계바늘은 또 다시 요동쳤다
소백산은 험악했고 단양은 붉은 빛,
벤처는 상장하고 난 뒤 힘을 잃었다

더 이상 울보가 아닌 벤처사업가는
때가 되었을 때 떼를 쓰지 않았다
한恨 듬뿍 머금은 온달의 관이 움직이지 않을 때
아내는 쓰다듬으며 말했다
이제 우리의 때는 지나갔습니다
어려운 때 힘듦 속에서 멋진 한 판
살았으니 뻗치지 말고 그냥 돌아가십시다

때를 알아 온달 키우고
때를 알아 온달과 함께 멈추고
때를 알아 온달과 함께 돌아갔다

아차산성과 온달산성에는 평강공주의
넋인 듯 이름 모를 들꽃에 풀벌레들
한가위를 가득하게 수놓는다
서울 아차산성에는 온달이 그윽하고
단양 온달산성에는 온달이 가득하다

칠십 평생 나는 없고 아이들만 있었다
—엄마[114)]

어머니 당신은 틈입니다
작지만 모든 것 담고 보듬는 틈
더러운 것 감추고 나쁜 것 거르는 틈

없음을 있음으로
거짓을 참됨으로
바꾸는 거푸집 되어
바다보다 깊은
살림 만들어 낸 살음의 틈입니다

어머니 당신은 바다입니다
세상살이 고달프다 술 마시고 털어내는
아부지의 깊어가는 주정과
바짓가랑이 잡는 육남매의 훌쩍이는 눈동자와
스스로 새기기 어려운 한(恨)까지
모두 품 넓게 받아들이는 바다입니다

눈 아프게 푸르른 날
이건 뭐고 저건 어떻게 하는지

물어보지 못하고 대답만 해야 할 때
뼈저리게 울리고 되돌아보게 하는 말
어머니, 당신은 바다입니다

어머니, 당신은 울타리입니다
당신은 가짐 없이 모든 것 버리고
자식들에게 아낌없이 죄다 줍니다
눈보라 속에서 옷 모두 벗어 아들 싸매
자기는 죽어도 목숨으로 지켜줍니다

어머니, 당신은 스승입니다
저금하라고 준 600원에서 10원 빼
폼 잡고 싶었던 눈깔사탕 열 개
사 먹은 여덟 살 국민학교 1학년 막내
장딴지를 시퍼렇게 만들었습니다

어머니, 당신은 희생입니다
파란 병에 하얀 위장약 마다하고
밀두리 해안에서 주운 굴 껍데기[115]

이고 지고 큰 사위가 만들어 준
쇠절구에 빻아 달게 먹었습니다

어머니, 당신은 눈물입니다
수저 두벌 논 두마지기 살림밑천 받아
하루하루 힘겨운 보릿고개 넘었습니다
농사지으며 육남매 키운 고생 끈 놓자마자
서울대 앞 건영아파트에서 하늘소풍 떠났습니다

어머니,
뭉게구름 틈으로 당신을 봅니다
바위덩어리보다 세고 샛바람보다 부드럽게
하늬바람 햇살 틈으로 보릿고개 넘기고
기막혀도 무너지지 않는 당신을 느낍니다

어머니,
당신은 차갑고 메마르고 무서운 속에서도
언제나 포근하고 새근대며 달콤한 잠 들 수 있는
넉넉하게 채울 수 없는 틈이고
한없이 넓은 바다이고 울타리이며
올바로 살도록 이끄는 스승입니다

1)소서노(召西奴): 졸본부여에 살던 부호(富豪)
연타발(延陀渤)의 세 딸 가운데 둘째. 처음에
해부루(解夫婁)왕의 서손(庶孫)인 우태(優台)와 결혼해 비류와
온조 두 아들을 낳았다. 우태가 죽은 뒤 과부로 살다가, 37세에
추모(鄒牟, 주몽, 22세)와 결혼했다. 소서노는 추모왕과
헤어진 뒤 하북 위례성에 백제를 세우고 13년 동안 왕으로
직접 통치하다 61세로 훙(薨, 왕과 왕후 또는 왕세자들의
죽음)했다. 소서노가 훙한 뒤 비류와 온조가 의견이 엇갈려
비류는 미추홀(彌鄒忽, 인천)로 가서 비류백제를 세우고, 온조는
하남위례성으로 천도해 위례백제로 독립했다. 미추홀은 땅이
습하고 물에 염분이 많아 백성이 살 수 없어 많은 수가 흩어지자
비류는 울분을 참지 못해 병사했다. 그 신민들이 위례백제로
와서 다시 합쳐졌다(조선상고사).

2)단재 신채호(丹齋 申采浩) 선생은 미완성으로 남은
『조선상고사』에서 "고구려 건국은 추모(鄒牟, 朱蒙)가 연타발의
딸인 소서노(召西奴)와 결혼해 그녀의 재산을 기반으로
이루어진 합작"이라고 밝혔다. 또 "김부식이 『삼국사기』
〈온조본기〉에서 온조가 하북위례성에서 백제를 건국했고,
비류와 온조가 주몽의 아들이라고 기술하고 있으나, 백제를
건국한 것은 온조의 어머니인 소서노이며 비류와 온조는 해부루
왕의 서손인 우태(優台)"라고 고증했다. "소서노는 조선사상
유일한 여제왕의 창업자일뿐더러 고구려와 백제 두 나라를
건설한 사람"이라는 것이다.

3)추모는 소서노를 만나 고구려를 건국하기 전, 부여에서
예씨(禮氏)와 결혼해 유리(儒留)를 낳았다. 부여 금와왕의
큰 아들인 대소(帶素)가 추모의 기량을 시기하여 죽이려
하자 오이(烏伊) 마리(摩離) 협보(陜父) 등과 협의해
졸본(卒本)으로 도망했다. 고구려를 세운 뒤 소서노의 두 아들,
비류(沸流)와 온조(溫祚)를 친아들처럼 대했다. 하지만 부인
예씨와 유리가 찾아오자 예씨를 원후(元后)로, 유리를 태자로
삼았다. 공동 창업자 소서노는 소후(小后)가 되었다. 비류와
온조는 소서노에게 다른 데 가서 나라를 세우자고 건의했고,

소서노는 추모왕에게 청하여 다량의 금은주보(金銀珠寶)를
나눠받았다. 소서노는 두 아들과 오간(烏干) 마려(馬黎) 등
십팔(十八)인을 데리고 낙랑국을 지나 마한으로 들어가 백제를
세웠다.(조선상고사)

4)송현이: 2007년 12월 창녕읍 송현동 15호 고분에서 발견된
유골을 바탕으로 복원이 이루어졌다. 발굴 당시 5구의 사람
유골이 발견됐는데, 송현이를 포함한 4구는 순장된 것으로
추정됐다. 창녕 지역에 있던 비화가야의 비사벌국 지배층이
죽으면서 그가 거느리던 시녀와 종이 함께 순장된 것으로
보인다. 고고학 법의학 유전학 등 각 분야 전문가들이 모여
송현이의 유골을 복원한 결과, 송현이는 나이가 16~17세의
소녀로, 키는 153.5cm, 허리는 21.5인치였다. 무릎 뼈가 닳은
것을 볼 때 반복적으로 무릎을 꿇고 일을 한 것으로 밝혀졌다.
송현동 고분에서 나와서 송현이라는 이름이 붙여졌다.

5)화왕산(火王山, 757.7m): 창녕(昌寧)군 창녕읍과 고암면의
경계를 이루는 산. 옛날에 화산활동이 활발해 불뫼 큰불뫼라고
불렸다. 낙동강 하류 평야지대에 있어 실제 높이보다 우뚝
솟은 것처럼 보인다. 봄에는 진달래, 가을에는 억새밭으로
유명하다. 삼국시대 쌓은 화왕산성(사적 64호)과 조선시대의
목마산성(사적 65호)이 있다. 교동과 송화동 고분군 아래에
진흥왕 척경비(국보 33호)와 동삼층석탑(국보 34호),
마애여래좌상(보물 75호)과 서삼층석탑(보물 520호) 및
6.25전쟁 때 낙동강 서부전선을 지켜낸 창녕-영산전투승리를
기념하는 창녕지구전승비(UN전적비) 등의 유적이 분포돼 있다.

6)교동과 송현동 일대에 넓게 조성된 비화가야 고분군(사적
514호)은 일제강점기인 1911년, 일제 학자 시케노
타타시(關野貞)에 처음 알려졌다. 1918년과 19년에
11기의 고분이 발굴되었지만 21호와 31호분을 제외하곤
발굴보고서조차 간행되지 않았다. 이 때 마차 20대와 화차 2량
분의 토기와 금 공예품들이 출토되었다고 전해진다. 하지만
국립중앙박물관과 일본 동경국립박물관에 소장돼 있는 일부

유물을 제외하곤 소재가 확인되지 않고 있다.

7)선덕(善德)여왕 덕만(德曼, ?~647); 신라 첫 여왕으로
진평왕의 큰 딸. 진평왕은 아들이 없었던 데다 성골만 왕위에
오른다는 불문율에 따라 덕만은 27대 왕에 올라 16년 동안
통·치했다. 〈화랑세기〉에 따르면 덕만은 25대 진지왕의 두
아들인 용수(龍樹) 용춘(龍春) 두 사람과 세 번 결혼했으나
자녀를 낳지 못했다. 덕만의 용모와 성품에 대해 〈화랑세기〉는
"용봉(龍鳳)의 자태와 천일(天日)의 위의를 지녔다"고 전하고
있다. 『삼국사기』에는 "성품이 너그럽고 어질며 총명하고
민첩하다(寬仁明敏, 관인명민)"고 기록했다. 즉위한 지
11년째인 642년에 백제와 벌인 대야성 싸움에서 대패해
성주인 품석(?~642)과 부인 고타소가 전사했다. 고타소는
김춘추의 딸로, 이 사건으로 김춘추는 고구려에 원군을
요청했다가 실패했다. 결국 당에서 원군을 끌어들여 백제를
멸망시켰다(660년). 첨성대를 세워 전문적으로 천문관측을
시작했다. 분황사 벽돌 탑을 쌓고 황룡사에 9층 목탑을 세워
호국불교사상으로 신라 왕실의 위기를 극복하고자 노력했다.
재위 16년인 647년 정월에 비담과 염종 등 진골귀족들이 "여왕이
정치를 잘못한다"는 구실로 반란을 일으켰다. 난은 진압했으나
덕만은 그해 8월에 훙(薨)했다.

8)구원을 요청하는 국서를 갖고 온 신라 사신에게, 당 태종은
"여왕이 통치하기 때문에 권위가 없어 이웃나라들이 깔본다.
고구려 백제 양국의 침범도 받았다. 내 종친 가운데 한 사람을
보내 국왕을 삼고 군대를 파견하겠다"고 했다.

9)선덕여왕의 지혜를 나타내는 3가지 일이 『삼국유사』에 전한다.
모란에 향기가 없음을 안 일, 옥문지(玉門池)에서 한 겨울에
개구리가 사나흘 우는 것을 보고 백제 비밀군대를 사전에 격파한
일, 자신이 죽을 날자와 장사지낼 곳을 정확히 안 일 등이다.

10)김부식은 『삼국사기』 〈선덕여왕 본기〉 끝부분에
"豈可許姥嫗出閨房斷國家之政事乎 新羅扶起女子處之王

位誠亂世之事國之不亡幸也(기가허모구출규방단국가지정
사호 신라부기여자처지왕위성나세지사국지불망행야)"라며
선덕여왕에 대해 좋지 않은 비평을 달았다.

11)이사주당(李師朱堂, 1739~1821): 1739년(영조 15), 충북
청주 서면(西面)지동(池洞)에서 태어났다. 어려서부터『소학』
『女四書(여사서)』등을 길쌈하는 틈틈이 익혔다. 더 커서는 논어
맹자 대학 중용 등도 읽고 해석했다. 그는 스물세 살 때, 22살
많은 유한규(柳漢奎, 1718~1783)의 네 번째 부인으로 결혼해,
슬하에 1남3녀를 두었다.『언문지(諺文志)』등 100여권의
책을 남긴 조선 후기의 실학자 유 희(柳僖, 1773~1837)는
그의 아들이다. 유한규는 부인을 세 번이나 잃어 재혼을
접은 상태였지만 사주당의 사람 됨됨이를 듣고 적극적으로
결혼을 추진했다. 이사주당 유한규 묘는 한국외국어대학교
용인캠퍼스와 연결되는 용인시 처인구 모현면 왕산리 산85에
합장되어 있다.

12)명성황후(明成皇后, 1851.11.17~1895.10.8): 경기도
여주, 남한강변에서 윤치록(尹致祿)의 딸로 태어났다. 8세에
아버지를 여의고 1남3녀 가운데 유일하게 살아남은 외동딸로
홀어머니 아래서 자랐 다. 16세 때 고종 비(민비)로 간택됐다.
1882년 임오군란 때 경복궁을 탈출해 목숨을 구한 뒤, 측근
윤태준을 고종에게 밀파해 청에 군사지원을 요청, 홍선대원군이
청으로 압송되고 권력을 되찾았다. 1884년 갑신정변 때도
청의 군사지원으로 권력을 유지했다. 1894년 갑오농민전쟁과
청일전쟁 후 일본이 만주에 진출하자 러-독-불의 삼국간섭을
이끌어 내 일제의 야욕을 좌절시켰다. 일제는 이에 앙심을
품고 이토 히로부미(伊藤博文) 총리-미우라 고로(三浦梧樓)
공사-미야모토 다케타로(宮本竹太郎) 소위로 이어지는 일제
군대의 조직적 만행으로, 민비를 시해했다(1895년 10월8일).
국사에서는 아직도 이를 을미사변(乙未事變)이라고 서술하고
가르치고 있으나, 행위 주체가 일제군대임을 명확히 하기 위해
을미왜변(乙未倭變)으로 바로잡아야 마땅하다. 고종(재위
1863~1907)은 1896년 2월, 일제의 포로상태에 있던 경복궁을

탈출해 러시아공관으로 망명하는 아관망명(俄館亡命)을
단행, 친일세력을 몰아내고 1897년 대한제국을 선포했다.
그때 민비에게 명성(明成)이란 시호를 내리고 국장을
치렀다. 을미왜변으로 무참히 시해된 뒤 2년 여 만이었다.
명성황후의 릉은 원래 현재 홍릉수목원이 있는 청량리 밖의
홍릉(洪陵)이었다. 고종이 1919년 1월, 일제에 의해 독살된 뒤
현재 남양주에 있는 홍릉으로 이장되면서 고종과 합장됐다.
명성황후의 여주 생가 터에는 1867년에 처음 지어진 안채와
함께 행랑채 사랑채 별당채 등이 1996년에 새로 지어져 복원돼
있다. 생가 맞은편에는 <명성황후기념관>이 건립돼 명성황후
친필(玉壺 등)과 시해당일 일제가 사용했던 칼(복제품) 등 여러
자료가 전시돼 있다.

13) 원임덕, 「이번 가을은 더욱 값지고 귀하다」, 『월간 시』(서울:
문화발전소, 2020년 10월호), 131쪽에서 인용.

14) 1895년 10월8일 새벽, 건청궁(乾淸宮) 곤녕합(坤寧閣)에서
민비가 시해된 것에 대해 일제와 식민사학자들은 <일본인
낭인(浪人, 깡패)>이라고 주장하고 있지만, 일제 현역 소위인
미야모토 다케타로(宮本竹太郎)가 직접 시해했으며, 부하와
깡패들을 지휘해 시신을 건청궁 앞 연못인 향원지에 던졌다가
다시 건져 불에 태웠다는 사실이 밝혀졌다. 황태연, 『갑오왜란과
아관망명』(파주: 청계, 2017), 473~495쪽.

15) 옥곤루(玉崑樓): 곤녕합 건물의 2층 누대 마루. 김병헌은
"그동안 옥호루(玉壺樓)라고 읽고 가르친 것은 잘못이고
옥곤루가 맞다"고 주장했다. 그의 주장이 타당하게
생각돼 옥곤루로 표기했다. 김병헌, 「명성황후 시해 장소로
알려진 옥호루(玉壺樓)는 옥곤루(玉崑樓)의 잘못이다」,
『pub.chosun.com』, 2017. 10. 27일자. 2020. 10. 3. 오전 9시
4분에 검색. http://pub.chosun.com/client/news/viw.asp
?cate=C03&mcate=M1004&nNewsNumb=20171026611&ni
dx=26612

16)정월 나혜석(晶月 羅蕙錫, 1896~1948); 수원에서 출생한
한국 최초의 여성 서양화가. 인형이 되기를 거부한 신여성으로
유명하다. 일본 여자미술전문학교에 유학했고 귀국 후
정신여학교 미술교사를 지냈다. 3.1만세운동 때 투옥됐으며
의열단을 지원한 기록도 있다. 변호사 김우영과 결혼해 3남1녀의
자녀를 두었다. 파리 여행 중에 최린을 만나 불륜을 저질러 이혼
당했다. 최린을 상대로 '정조유린죄'에 대한 위자료 1만2000원의
소송을 제기했다. 최린 측 요청으로 소송금액의 절반 정도를
받고 화해했다. '여자도 인간이다'라는 주장을 되풀이하며
여자들의 인권과 권리를 존중할 것을 요구했다. 1948년 12월,
원효로 시립자제원에서 무연고 행려병자로 사망했다. 수원시
팔달구 인계동 효원공원부터 서쪽 600m 거리를 '나혜석 거리'로
조성했다.

17)나혜석이 잡지 〈삼천리〉에 1934년 기고한 「이혼고백서」
일부.

18)나혜석이 잡지 〈동명〉에 기고한 「母된 감상기」.

19)나혜석 둘째 아들, 김진 전 서울법대 교수가 쓴 『그땐 그 길이
왜 그리 좁았던고』에서.

20)박에스터(朴愛施德, 1876~1910. 4. 13): 한국의 첫 여성
의사. 본명은 김점동(金點童). 서울 정동(貞洞)에서 김홍택의
셋째 딸로 태어났다. 11살 때 이화학당에 입학한 뒤 세례를
받고 에스터(Esther)란 세례명을 받아 김에스터가 됐다가,
열일곱 살 때 아홉 살 위의 박유선과 결혼한 뒤 박에스터로
불렸다. 그는 이화학당에 다니면서 한국 최초의 여성병원인
보구녀관(普救女館)에서 통역과 의사 보조로 활동했다.
1895년 박유선과 결혼한 뒤 미국으로 유학을 떠났다. 처음에는
박유선도 공부할 계획이었으나, 둘의 학비를 벌기에 벅차 학업을
포기하고 에스터를 지원했다. 에스터는 1896년10월, 볼티모어
여과의과대학에 입학해 1900년 6월에 졸업하고 의사자격증의
획득했다. 남편은 에스터가 졸업하기 2개월 전에 폐결핵으로

숨졌다. 에스터는 귀국 후 10년 동안 매년 평균 5000명 이상의 환자를 돌봤다. 과로로 폐결핵에 걸려 1910년 4월13일에 사망했다. 한국 정부는 2006년 11월, 박에스터를 과학기술 명예의 전당에 헌정했다. 이화여자대학교 의과대학 동창회는 2008년부터 '자랑스러운 이화의인(醫人) 박에스더상'을 제정해 동문 여의사를 시상하고 있다

21)보구녀관(普救女館): 1887년 서울 이화학당에 설립됐던 한국 최초의 여성 전문 병원. 당시 감리교의 의료선교를 관리하던 스크랜튼(Scranton) 목사의 노력으로 설립됐다. 보구녀관이란 이름은 명성왕후 민비가 하사한 것이다. 로제타 홀은 남편 윌리엄 홀, 아들 셔우드, 태어난 직후 세상을 떠난 딸 에디스, 며느리 메리언 홀과 함께 양화진외국인선교사묘원에 안장돼 있다.

22)박유선의 묘는 볼티모어 서쪽 로레인파크 공동묘지에 있다. 묘비에는 "1868년 9월21일 한국에서 태어나 1900년 4월28일 볼티모어에서 사망했다"라고 새겨져 있다.

23)김란사(金蘭史, 1872~1919); 1872년 평양에서 부친 김병훈과 모친 이씨 사이에서 태어났다. 무역업을 하던 부친을 돕기 위해 1911년 인천으로 이사했고, 부인 조씨와 사별한 하상기(河相驥)와 결혼했다. 남편 성과 세례명인 낸시(Nancy)의 한자표기를 따라 하란사(河蘭史)로 불렸다. 1896년에 스물넷의 늦은 나이에도 불구하고 이화학당에 입학했다. 졸업한 뒤 일본을 거쳐 미국 오하이오주 웨슬리언 대학에서 문학사를 취득했다(1906년). 우리나라 최초의 여학사였다. 1907년 귀국 후에 교회와 이화학당에서 교육자로서 활동했다. 1910년 국권을 일제에게 강탈당한 경술국치(庚戌國恥)가 일어난 뒤부터 독립운동에 가담했다. 이화학당에서 교수 겸 기숙사 사감으로 활동했다. 이 때 이화학당에 다닌 학생 가운데 유관순이 있었다. 웨슬리언대학에 함께 다녔던 의친왕과 친해 고종의 통역을 맡고 엄비의 자문 역할도 맡았다. 1919년 파리강화회의에 고종의 친서를 갖고

의친왕과 파리를 방문하려고 북경에 갔다가 급서(急逝)했다. 일제의 간첩이었던 배정자에 의해 독살됐다는 루머가 끊이지 않았다. 독감에 걸려 사망했다는 보고도 있다. 1995년에 건국훈장 애족장이 추서됐다.

24)조희재(趙喜在, 1892. 1. 12~1947. 11.3); 교육자이자 자산가로 독립운동가인 장형(張炯)과 함께 단국대학교를 설립했다. 호는 혜당(惠堂)이며 독립운동가 박기홍(朴基鴻)과의 사이에 무남독녀(박정숙, 朴正淑)을 두었다. 병환 중에도 단국대학교 설립 작업을 하다가 광주학생항일의거일에 맞춘 개교기념일에 서거했다. 단국대학교는 처음에 종로구 낙원동 282번에서 개교한 뒤 1957년부터 2007년까지 용산구 한남동에 있었다. 2007년 8월에 경기도 용인시 죽전캠퍼스로 옮겼다. 이에 앞서 1978년에 충남 천안에 제2캠퍼스를 만들었다.

25)이태영(李兒榮, 1914. 8. 10~1998. 12.17); 대한민국 첫 여성 변호사이자 사회운동가. 한국가정법률상담소를 세워 여성에 대한 불평등과 가정폭력 상담해결 및 잘못된 유교적 인습과 싸웠다. 평안북도 운산군 북진읍에서 이흥국과 김홍원의 2남1녀 중 막내딸로 태어났다. 1931년 평양 정의여자고등보통학교를 졸업하고 평양여자고동보통학교 교사 재직 중에 정일형과 결혼했다. 서울에서 이화여전 가사과를 졸업한 뒤 "당신이 하고 싶어 하는 법률 공부를 하라"는 남편의 격려를 받아 1946년, 33세에 서울대 법대에 입학했다. 1952년 변호사 개업을 하고 여성법률상담소(현 한국가정법률상담소)를 열어 여성의 권익보호에 앞장섰다. 1991년 서울대 동문회에서 제1회 '자랑스러운 서울대인'으로 선정됐다. 1998년 12월17일, 노환으로 서거했다. 향년 84. 임종 직전에 "고향 뒷동산에 있는 어머니 묘소를 꼭 가보고 싶다"고 했지만 분단의 상처를 극복하지 못했다. 묘소는 동작동 국립현충원 제1유공자묘역, 남편과 합장됐다. 3녀1남 가운데 장남 정대철과 손자 정호준이 국회의원을 지냈다.

26)이용수(1928. 12. 13~); 여성인권운동가. 경상북도 성주에서

출생, 대구에서 면사공장에 다니다가 16세 때인 1944년에
일본군 위안부로 타이완으로 끌려갔다가 1946년 고향으로
돌아왔다. 일본군 위안부 피해자로서 2007년 미국 하원에서
증언해 '위안부가 개인 매춘이 아니라 강제적 인권유린이라는
결의안'을 통과하는데 결정적 역할을 했다. 그는 영화『아이 캔
스피크』(김현석 감독, 나문희 주연)의 실제 모델이다. 2017년
미국 샌프란시스코에 새로 소녀상이 건립되는데도 역할했다.
이용수 할머니는 2020년 5월7일 대구에서 기자회견을 열고
"정의기억연대에서 위안부 할머니들을 위해 들어온 성금과 기금을
할머니들에게 쓴 적이 없다"고 폭로했다. 또 "1992년 6월25일부터
시작된 수요집회가 한일 양국을 비롯한 세계청소년들이 전쟁으로
평화와 인권이 유린됐던 역사를 반성하고 평화와 인권을
신장시키기보다 한일갈등을 유발한다며 수요집회에도 참여하지
않을 것"이라고 밝혔다.

27)남자현(南慈賢, 1873~1933. 8. 22); 경북 안동군 일직면에서
태어나 19세 때 영양군 석보면의 김영주(金永周)와 결혼했다.
김영주가 을미의병에 참가해 전사한(1896) 뒤 태어난 아들
김동성을 데리고 시부모를 모시고 살다 효부상을 받았다.
1919년 서울에서 일어난 3.1대한독립만세운동에 참여한 뒤
46세의 나이에 아들과 함께 요녕성 통화현으로 망명했다. 분열된
항일독립운동 세력을 한곳으로 모으고자 엄지와 검지를 잘라
혈서를 썼고, 만주사변을 조사하기 위해 온 국제연맹조사단(단장
리튼경)이 1932년 하얼빈을 방문했을 때 무명지 두 마디를 잘라
보냈다. 1926년에 재등실(齋藤實) 총독을 죽이기 위해 서울에
잠입했다가 송학선(宋學先, 1897~1927)의 사전거사로 경비가
강화돼 뜻을 이루지 못했다. 1933년2월, 무등신의(武藤信義)
주만주국 일본대사를 하얼빈에서 제거하려다 체포됐다. 옥중에서
11일 동안 단식투쟁을 벌여 보석으로 석방된 뒤 조선인이
운영하는 고려여관에서 8월22일 서거했다. 묘소는 하얼빈 외국인
공동묘지에 있었는데, 1958년에 20km 떨어진 황산묘지로 옮겨질
때 무연고 묘지라고 해서 사라졌다. 1967년 국립현충원으로
이장할 때 초혼묘로 조성됐다. 1962년 건국훈장 대통령장이
추서됐다.

28)남자현 의사가 옥중에서 간식을 선언하며 일제 간수들에게 한 말.

29)남자현 의사의 손자, 김시련 옹이 전한 말. 이상국, 『남자현 평전』(서울: 세창미디어, 2018), 163~166쪽.

30)논개(論介, ?~ 1593): 조선시대 임진왜란 당시 의기(義妓)로 알려진 기생. 진주성이 왜군에게 함락되고(1593년 6월29일) 열린 왜군전승기념 연회에서 진주목 관기로서 왜장을 유인해 껴안고 남강에 빠져 순국했다. 어우당(於于堂) 유몽인(柳夢寅, 1559~1623)이 1620년 서강의 와우산과 도봉산의 북쪽포동 등에서 은거할 때 지은『어우야담(於于野談)』에 처음으로 논개에 대한 얘기를 실었다. 진주 사람들도 논개가 순국한 바위에 <義巖(의암)>이라고 새겨 넣었다. 하지만 조선 정부는 냉랭했다. 임진왜란 중에 이름이 난 충신 효자 열녀를 뽑아 편찬한 『동국신속삼강행실도(東國新續三綱行實圖)』에 논개의 순국 사실이 누락됐다. 성리학 이데올로기에 빠진 편집자들이 관기를 정렬(貞烈)로 표창할 수 없다고 주장했기 때문이다. 논개가 제대로 평가받는 데는 200년이 넘는 세월을 기다려야 했다. 경사우병사 최진한(崔鎭漢)이 1721년(경종1)에 <의암사적비>를 건립하고, 기녀로 의를 위해 목숨을 바친 논개에 대한 국가의 포상을 비변사에 건의했다. 1739년(영조16)에는 경상우병사 남덕하(南德夏)의 노력으로 의기사(義妓祠)가 의암 부근에 세워졌다. 1868년(고종5)에는 진주목사 정현석(鄭顯奭)이 매년 6월에 300여명의 여기가 가무를 곁들여 3일 동안 치제하는 대규모 추모행사인 '의암별제(義巖別祭)'를 마련했다. 의암별제는 일제강점기 때 일제방해로 중단됐다.

31)논개(論介)는 1574년 9월3일(음) 밤8시에 태어나 사주팔자가 갑술(甲戌)년 갑술월 갑술일 갑술시라고 전해지고 있다. 명리학 전문가인 청전 박명우 선생은 논개 사주를 "스스로 장작이 되어 추운 겨울에 고생하는 다른 사람들을 따듯하게 하듯, 봉사(奉仕)하는 사람"이라며 "나라와 백성을 위해 한 목숨을 초개처럼 버리고 왜장을 안고 순국한 논개의 삶을 잘 보여준다"고

풀었다.

32) 1846년에 장수 현감을 지낸 정주석(鄭冑錫)은 논개가 장수군 장수면 장수리에서 태어나 자랐다며 논개생향비(論介生鄕碑)를 세웠다. 이를 근거로 장수군에서는 논개가 장수군 출신이라며 기념행사를 한다.

33) 변영로의 시 〈論介(논개)〉 가운데 "강낭콩 꽃보다도 더 푸른/ 그 물결 위에/ 양귀비꽃보다 더 붉은/ 그 마음 흘러라"에서 인용.

34) 윤희순(尹熙順, 1860. 6. 25~1935. 8. 1): 서울에서 윤익상(尹翼商)과 평해 황씨 사이에서 장녀로 태어났다. 16세 때 고흥 유씨 유제원(柳濟遠)과 결혼해 춘천시 남면 발산리에서 살았다. 유제원은 춘천 의병장이던 외당 유홍석(畏堂 柳弘錫, 1841~1913)의 장남이며 의암 유인석의 조카이다. 1895년 민비가 일제에 의해 시해되는 을미왜변이 일어나고 그해 말 단발령이 내려지자 이에 반대하는 을미의병이 전국적으로 일어났다. 외당 유홍석도 춘천에서 을미의병을 일으켰다. 윤희순은 그 때 마을 여성들에게 "비록 여자라 해도 나라를 구하는 데는 남녀구별이 있을 수 없다"며 의병을 돕자고 호소했다. 일제가 1907년, 고종을 강제로 퇴위시키고 대한제국 군대를 해산하자 직접 30여명으로 구성된 여자의병도 조직했다. 또 〈안사람 의병가〉〈병정 노래〉를 비롯한 8편의 의병가와 〈경고한다 오랑캐들에게〉 등 4편의 경고문을 지었다. 1910년, 국권을 강탈당한 경술국치 뒤에 시아버지와 남편이 만주로 망명했고, 윤희순도 이듬해 아들 돈상 민상 교상 등을 데리고 중국으로 망명했다. 1935년 7월, 큰 아들 돈상이 제사지내러 집에 왔다 일제경찰에 체포돼 모진 고문 끝에 숨진 뒤 11일 만에 곡기를 끊어 숨을 거뒀다. 유해는 요녕성 해성(海城)현 묘관둔(廟官屯) 북산에 안장됐다. 유해를 고국으로 모시기 어려울 것으로 여겨 1994년(甲子年) 6월에 옥석에 윤의사의 신위를 새겨, 춘천시 남면 관천(冠川)리 선영에 남편과 합장했다. 1990년에 건국훈장 애족장이 추서됐다. 춘천시립청소년도서관에 윤희순 동상이 서 있다. 만주에서 항일투쟁할 때 남긴 〈신세타령〉이 그의 삶을 요약해주는 듯하다.

〈신세타령〉
슬프고도 슬프도다 이내신세 슬프도다
이국만리 이내신세 슬프고도 슬프도다
보이는 눈 쇠경이요 들리는 귀 막혔구나
말하는 입 벙어리요 슬프고도 슬프도다
이내 신세 슬프도다 보이나니 까마귀라
우리조선 어디가고 왜놈들이 득실하나
우리인군 어디가고 왜놈대장 활기치나
우리의병 어디가고 왜놈군대 득실하니
이내몸이 어이할고 어디간들 반겨줄까
어디간들 반겨줄까

35)윤희순, 〈안사람 의병가〉에서 인용.

36)윤희순, 〈병정 노래〉.

37)윤희순, 〈소망〉, 강원도 춘천시 남면 관천리에 있는 묘소에
새겨져 있다.

38)백선행(白善行, 1848~1933); 수원에서 백지용(白持鏞)의
장녀로 태어났다. 어렸을 때 평양 중성(中城)으로 이사했다.
7세 때 아버지가 돌아가시고, 14세 때 안재욱과 결혼했는데
남편이 2년 만에 사망했다. 26세 때는 친정어머니도 돌아가셨다.
안 한 일 없이 억척스럽게 재산을 모았다. 평양 근교인 강동군
만달면 승호(勝湖)리 일대의 만달산을 샀다. 황무지여서 거의
쓸모없는 땅을 속아서 비싸게 샀으니 백선행은 끝장났다는
소문이 돌았다. 하지만 만달산은 시멘트 원료인 석회석이 많아
일본인 시멘트생산업자 소야전(小野田)에 팔아 평양 갑부가
되었다. 환갑이던 1908년에 거금을 들여 대동군 용산면 객산리의
솔뫼다리를 돌다리(백선교, 白善橋)로 만들었다. 1919년
3.1대한독립만세운동을 겪은 뒤 1924년에 전 재산을 사회에
환원한다고 밝혔다. 광성소학교에 1만4000여평, 숭현여학교에
2만6000여평을 기증하고(1925년), 미국선교사 모펫(Moffet)이
세운 창덕소학교에도 부동산을 내놓아 기백창덕보통학교로

발전시켰다(1927년). 연광정(練光亭)이 올려다 보이는
대동문가에 백선행기념관(대지 329평, 건평 324평)을
건설했다(1929년). 그가 사회에 환원한 35만원은 현재 350억원
이상인 것으로 평가된다. 1932년에 기념관 앞에 백선행동상이
세워졌다. 조선총독부가 표창장을 주려고 하자 거절했다.
일제강점을 인정하지 않은 것이다. 1933년 5월, 백선행이
여든여섯 살로 서거했을 때 평양시민 3분의 2인 10만여 명이
참석한 가운데 여성으로는 최초로 사회장이 거행됐다. 1937년
1월1일자로 문예지『백광(白光)』이 백선행을 기리기 위해
창간돼 6호까지 발행됐다. 그의 고향인 수원의 남문시장에
〈백선행의 흉상(胸像)〉이 세워져 기념되고 있다. 눈에 잘 안
띄고 공중화장실 앞 공터에 소박하게 세워져 있어 많이 아쉽다.
물어물어 일부러 찾아가지 않으면 찾기 쉽지 않다.

39)사기(事機): 일을 해 나가는 기틀.

40)바우덕이(金岩德, 1848~1870): 본명은 김암덕(金岩德).
안성의 가난한 소작인의 딸로 태어나 다섯 살 때 안성 서운산
아래 청룡사를 거점으로 활동한 남사당패에 보내졌다. 밥도
먹기 어려운 살림에 입 하나 덜기 위한 것이었다. 10년이 지난
열다섯 살에 남사당패의 우두머리인 꼭두쇠로 선출됐다.
남자가 꼭두쇠를 맡는 게 관례였지만 풍물 어름 살판 버나
덜미 덧뵈기 등 남사당패의 여섯 가지 놀이에 매우 뛰어나
전무후무하게 어린 여자가 꼭두쇠가 됐다. 경복궁 중건에
나선 흥선대원군 앞에서 공사판 노동자들의 피로를 풀어준
것이 평가받아 당상관 이상만이 차던 옥관자(玉貫子)를
하사받았다고 전해진다. 전국을 떠돌아다니는 유랑생활 속에
폐결핵을 얻어 스물셋에 사망했다. 묘는 안성 서운산 서쪽
끝자락에 있다. 2005년에 바우덕이 남사당패의 근거지였던
청룡사 부근에 바우덕이사당이 세워졌다. 남사당패 놀이는
1964년 12월7일에 중요무형문화재(현 국가무형문화재) 3호로
지정됐고, 2009년 9월30일에 유네스코 세계무형문화유산으로
등재됐다. 안성시에서 2001년부터 매해 9월말~10월초에
'안성남사당바우덕이축제'를 열고 있다.

41)김금원(金錦園, 1817~?); 원주 출신으로 열네 살 때인 1830년에 남장을 하고 금강산 여행을 다녀왔다. 그의 부모에 대해선 기록이 전해지지 않고 있지만, 어린 딸이 금강산 여행을 다녀오도록 허락한 것을 볼 때 상당한 경제력과 자유분방한 사상을 가진 사람으로 추정된다. 금강산 여행을 다녀온 이듬해 원주 관아의 기생이 되었다가 김덕희(金德喜)의 소실이 됐다. 김덕희는 추사 김정희의 육촌으로 결혼 당시에는 벼슬을 하지 않고 있었다. 뒤에 평안도 의주로 발령 나자 김금원은 남편보다 먼저 황해도와 평안도를 여행한 뒤 의주에서 임기를 마칠 때까지 함께 생활했다. 김덕희는 의주 근무를 마친 뒤, 1847년, 서울 용산의 삼호정(三湖亭) 부근에 정착했다. 김금원은 삼호정에서 사대부들과 시를 지으며 어울리는 동시에 여성 4명과도 〈삼호정시사(詩社)〉를 만들어 지냈다. 연천 김이양의 소실인 성천 기생 운초, 화사 이판서의 소실인 문화 사람 경산, 송호 서기보의 소실인 원주 사람 죽서, 추천 홍태수의 소실인 자기 동생 경춘 등이 회원이었다. 열네 살 때 금강산과 관동팔경을 유람하면서 지었던 시와 평양과 의주를 여행할 때 지었던 시 등을 모아 〈호동서락기(湖東西洛記, 1850년)〉를 만들었다. 그 뒤 행적은 전하는 것이 없어 미상이다.

42)김금원이 여성으로 태어난 것을 한탄하며 남긴 말.

43)〈호동서락기〉 중에서.

44)〈호동서락기〉에 실린 김금원의 한시를 시조로 옮겨봤다. 그의 시는 다음과 같다.
歇惺樓壓洞天心(헐성루압동천심)
繞入山門卽畵林(재입산문즉화림)
指末千般奇絶處(지말천반기절처)
芙蓉無數萬峯尖(부용무수만봉첨)

헐성루가 하늘 중천에 우뚝한데
잠깐 산문에 드니 그림 같은 숲일레
손끝마다에 와 닿는 기암절벽에

부용꽃이 무수히 온 봉우리에 그림자 드리운다

45) 김금원이 시우(詩友)인 죽서(竹西)의 시집에 붙인 발문에서.

46) 김명순(金明淳, 1896~1951); 평양 갑부 김희경 소실의 딸로 여성 첫 시인 겸 소설가. 필명인 탄실(彈實)은 그의 아명이다. 1912년 서울진명여학교를 2등으로 졸업한 뒤 1913년 일본으로 유학, 시부야의 국정여학교 3학년에 편입했다. 1915년 7월, 일본군 소위 이응준에게 강간당한 충격으로 강물에 뛰어들었다. 목숨은 건졌으나 학교 명예를 더럽혔다는 이유로 중퇴당하고 귀국했다. 숙명여자고등보통학교에 편입해 1917년 3월에 졸업했다. 그해 최남선이 발행하던 잡지 『청춘』의 소설공모에 망양초(望洋草)란 필명으로 응모한 단편〈의심의 소녀〉가 당선돼 첫 여성 소설가가 됐다. 1919년 일본에 다시 유학, 동경여자전문학교에 입학했다. 이 때 전영택(田榮澤)의 소개로 『창조』동인으로 활동했다. 1920년 2월에는 김일엽이 창간한 잡지 『신여성』 필진으로 활동했고, 1925년에 창작집 『생명과 과실』을 냈다. 매일신보 기자(1927)와 영화배우로도 활동했다. 1939년 이후 동경으로 건너가 생활고에 시달리다가 정신병에 걸려 동경 아오야마(青山)정신병원에 수용됐다가 사망한 것으로 전해지고 있다. 동경 유학시절 이응준에게 강간당한 고통스런 체험을 다룬 소설〈칠면조(1921)〉와 김동인의 악의적인 소설〈김연실전〉에 대응하기 위한 소설〈탄실이와 주영이(1924)〉 등의 대표작을 남겼다. 에드거 앨런 포의 작품을 국내 최초로 번역해 소개했고, 5개 국어를 구사할 정도로 외국어 실력이 뛰어났다.

47) 이야고, "오 질투심을 조심하세요. 그것은 희생물을 비웃으며 잡아먹는 푸른 눈의 괴물이랍니다.", 「오델로」, Shakespeare, William, 김은영 옮김, 『셰익스피어 4대 비극』(서울: 꿈과 희망, 2008).

48) 김명순의 시〈외로움〉, 단편소설「탄실이와 주영이」, 심진경 엮음, 『경희, 순애 그리고 탄실이』(파주: 교보문고, 2018),

313쪽.

49) 김명순의 시 〈신시(新詩)〉, 「탄실이와 주영이」, 313쪽.

50) 김명순의 시 〈유언〉 중에서.

51) 정정화(鄭靖和; 1900. 8. 3~1991. 11. 2): 수원유수를
지낸 정주영(鄭周永)의 2남4녀 중 셋째 딸로 충남 예산에서
태어났다. 아버지 몰래 둘째 오빠를 따라 서당에 다니면서 여섯
살 때 천자문을 뗐다. 열한 살 때인 1910년 가을, 대한제국
법부대신을 지낸 동농 김가진(東農 金嘉鎭; 1846~1922.
7. 4)의 아들, 성엄 김의한(誠广 金毅漢; 1900~1964. 10. 9)과
결혼했다. 동갑내기인 성엄은 일제강점기 때의 조선과 세계
동향 등에 대해 아내에게 자주 얘기해 주었다. 동농과 성엄이
1919년 10월 상하이로 망명하자, 이듬해 홀로 상하이로 간 뒤
6차례에 걸쳐 국내에 잠입, 독립자금을 모금하는 역할을 했다.
1929년 여름 마지막으로 고국에 왔다가 1931초 상해로 돌아간
뒤 1946년 5월 귀국할 때까지 임시정부 안살림을 맡았다.
환국 후에 남한의 단독정부 수립에 반대하고 남북협상을
통해 통일민족국가 수립운동을 하던 김구 주석을 지지했다.
임시정부 시절 동고동락한 이시영 초대 부통령이 감찰위원회
감찰위원으로 추천했지만 취임하지 않았다. 1950년 9월말에
성엄이 납북됐다. 성엄은 1990년 건국훈장 독립장이 추서됐다.
정정화는 1951년 9월에 '부역죄'란 죄목으로 투옥됐다가
집행유예로 풀려났다. 1998년에 이전에 썼던 자서전인
『녹두꽃』을 보완해『長江日記(장강일기)』를 출판했다.
1982년에 건국훈장 애족장을 받았다. 1991년 91세로 운명해
대전 국립현충원에 안장됐다.

52) 정정화, 『長江日記(장강일기)』(서울: 학민사, 1998, 2018),
301쪽에서 인용.

53) 한국의 잔다르크: 동아일보 특파원으로 활동하던 우승규가
붙여준 별명.

54) 外子(외자); 아내가 다른 사람에게 자기 남편을 이르는 말.
내자(內子)의 반대말.

55) 권기옥(權基玉, 1901. 1. 11~1988. 4. 19): 우리나라 첫
여성 비행사. 평남 평양부 대흥면 상수구동에서 권돈각과
장문명의 2남5녀 중 넷째로 태어났다. 평양의 숭의여학교
재학 중에 항일비밀결사인 〈송죽회〉에 가입해 활동했다.
3.1대한독립만세운동에 참가했다가 왜경에게 체포돼 3주
동안 구류돼 고문을 받았다. 그 뒤에도 임시정부 요원들과
연결돼 독립자금을 모집해 전달하는 역할을 맡았다. 일제의
탄압이 더욱 심해지자 1920년에 일제의 감시망을 뚫고 상해로
망명, 임시정부와 중국 요인의 추천을 받아 운남육군항공학교
1기생으로 입학, 1925년에 비행사 자격을 획득했다. 중국
공군에서 한국 최초의 여자 비행사로 10여 년 동안 복무했다.
1928년에 독립운동가 이상정과 결혼했다. 이상정은
항일저항시인 이상화의 형이다. 1940년 공군 중교에 이를 때까지
줄곧 중국군에서 항일투쟁에 나섰다. 1943년에 대한민국
애국부인회를 조직해 사교부장으로 활동하다 광복 후 1949년에
귀국했다. 귀국 후 전 재산을 장학사업을 위해 기부하고
장충동2가 낡은 목조건물에서 여생을 보내다 1988년에
87세로 서거했다. 국립서울현충원에 안장됐다. 1977년
건국훈장 독립장이 수여됐다. 2020년 7월3일, 서울 강서구
국립항공박물관에 동상이 세워졌다.

56) 권기옥 항일투사가 전 재산을 털어 장학사업을 하며
젊은이들에게 남긴 말.

57) 권기옥 항일투사가 비행사가 되기 위해 당계요(唐繼堯)
운남성장을 만나 한 말.

58) 1926년 동아일보 보도.

59) 유관순(柳寬順, 1902. 12. 16~1920. 9. 28): 충남
목천군 이동면 지령리(현 천안시 병천면 용두리)에서 유중권과

이소제의 3남2녀 중 차녀로 태어났다. 공주에 있는 영명학당에
다니다, 1916년 서울 이화학당 보통과 3학년으로 편입했다.
고등과 1학년이던 1919년 3. 1대한독립만세운동에 참여한 뒤,
이화학당이 휴교하자 고향으로 내려와 아우내 장터 만세운동에
참여했다. 만세운동 중에 부모를 모두 잃고 체포돼 징역3년이
확정된 뒤 서대문형무소에서 1920년 9월28일 순국했다.
유관순의 시신은 순국한 지 14일이 지난 10월12일 이화학당에
인도돼 10월14일 이태원 공동묘지에 묻혔다. 일제가 이태원
공동묘지를 군용기지로 전용하면서 유관순의 유해는 훼손되고
잃어버렸고, 1989년10월, 매봉산 기슭에 초혼묘를 만들었다.
1962년 건국공로훈장 단장(현 건국훈장 독립장 3등급)에
추서된 뒤 2019년에 건국훈장 대한민국장(1등급)으로
상향했다.

60)유관순 열사가 아우내 장터 만세운동(1919년 4월1일)을
주도하기 전날 밤, 생가 뒤 매봉산에 올라 함께 거사하기를
약속하는 봉화에 불을 붙이며 올린 기도문 중에서.

61)유관순 열사가 "다시는 독립운동을 하지 않고 대일본제국
신민으로서 살아가게 될 것을 맹세할 것인가?"고 묻는
공주지방법원 재판장에게 대답한 말.

62)유관순 열사가 서대문형무소 옥중에서 마지막으로 남긴
말이라고 서울시가 보도한 것을 인용.

63)최용신(崔容信, 1909. 8. 12~1935. 1. 23): 농촌운동가.
함남 덕원군 현면 두남리에서 최창희의 3녀2남 중 차녀로
태어났다. 어릴 때 천연두를 심하게 앓아 얼굴과 정강이 등
온몸에 마마 자국이 있었다. 원산에 있던 루씨여자보통학교와
루씨여자고등보통학교를 졸업하고 서울에 있는 협성신학교에
진학했다. 이곳에서 황에스더(黃愛德) 교수를 만나
농촌계몽운동에 뜻을 두고 활동하게 됐다. 황해도와
경상북도로 나갔던 봉사활동에서 농촌의 실상을 직접 눈으로
본 뒤 신학공부에 매달리지 못하고 학업을 중단했다. 1931년

10월10일, 경기도 수원군 반월면 샘골마을(현 안산시 상록구
본오동 일대)로 한국 YWCA 농촌지도원으로 파견됐다. 그는
일본 유학을 떠났던 1934년 3월부터 각기병으로 유학을 중단하고
샘골로 돌아온 그해 9월을 제외하곤 샘골에서 살았다. 피로와
각기병 및 정신적 고통 등이 겹쳐 1935년 1월 경기도립 수원병원에
입원했다가 1월23일 서거했다. 그의 묘는 경기도 안산시 상록구
본오동 879-4 상록수공원의 최용신기념관 옆에 있다. 심훈(沈熏,
1901. 9. 12~1936. 9.16)의 소설『상록수』의 무대는 샘골이며
여주인공 채영신(蔡永信)은 최용신을 모델로 한 것이다. 1964년
한국여성단체협의회에서 용신봉사상을 제정해 해마다 시상하고
있다. 1995년 건국훈장 애족장을 추서했다.

64)현 안산시 상록구 본오동

65)최용신이 1919년 4월2일 올린 〈새벽종소리에 따라 올리는
기도〉 중에서.

66)최용신 선생의 마지막 유언 중에서.

67)최용신 선생의 어록 중에서.

68)김만덕(金萬德, 1739~1812): 제주도 가난한 집에서 태어나
열두 살 때 부모를 여의였다. 기생의 몸종으로 들어가 열여덟 살
때 기생이 됐다. 어렵게 기적(妓籍)에서 빠져나와 객주(客主)를
차려 큰돈을 벌었다. 쉰여덟 살 때인 1796년, 제주도에 큰 기근이
발생하자 자신의 전 재산을 털어 육지에서 쌀 500섬을 사다
굶어죽을 처지에 놓인 제주민들을 살려냈다. 이 소식을 들은
정조는 그에게 소원을 말하라 하고, 금강산 구경을 허락했다.
벼슬이 없는 사람은 대궐에 와서 임금을 볼 수 없는 당시의 법
규정을 피하기 위해, 의녀반수(醫女班首)라는 명예직 벼슬을
내려 알현도 허용했다. 당시 영의정이었던 채제공(蔡濟恭,
1720~1799)은『김만덕전』을 지어 이와 관련된 일을 상세하게
기록했다. 정약용(丁若鏞, 1762~1836)은 "기녀로서 과부로
수절한 것, 많은 돈을 기꺼이 내놓아 백성을 구휼한 것, 바다 섬에

살면서 산을 좋아한 것"이 기특하다고 평가했다. 김정희(金正喜, 1786~1856)는 '은광연세(恩光衍世, 은혜로운 빛이 길이 펼쳐질 것)'라는 글씨를 남겼다. 당시에 그의 이름이 얼마나 널리 알려졌는지를 짐작할 수 있게 한다. 김만덕의 묘는 사라봉 인근의 모충사(慕忠祠, 제주시 건입동 397-4) 경내의 '만덕관' 옆에 있다.

69) 염경애(廉瓊愛, 1100~1146): 고려 때 대부소경(大府少卿, 종4품)을 지낸 염덕방(廉德方)과 의령군 대부인 심씨의 딸. 스물다섯 살 때 최루백(崔婁伯, ?~1205)과 결혼해 슬하에 4남2녀를 두었다. 염경애는 홀시어머니를 효성으로 지극히 모셨다. 다섯 명이 간신히 먹을 정도의 고려시대 하급관리 녹봉으로 아홉 식구를 먹여 살리기 위해 늘 노심초사했다. 그런 스트레스로 마흔일곱 살로 일찍 세상을 떠났다. 그의 장례는 불교식으로, 순천원에 안치됐다가 화장해 청량사라는 절에 안치했다가 3년 뒤에 인효원 동북쪽에서 장례를 치러 아버지 묘 옆에 안장했다고 최루백이 쓴 묘지명에 기록돼 있다. 표지석에는 염경애의 어머니는 심지의(沈志義), 동생은 정애(貞愛)였으며, 두 딸의 이름은 귀강(貴姜)과 순강(順姜)이었다. 이름이 이렇게 기록됐다는 것은 당시까지만 해도 여성이 '누구의 아내'나 '누구의 어머니'에 매몰돼 있지 않았음을 보여준다(주진오 외, 『한국 여성사 깊이 읽기』 (서울: 푸른역사, 2013, 2020), 97쪽).

70) 최루백이 남긴 염경애의 묘지석에서. 성율자, 김승일 옮김, 『어인들의 한국사』 (서울: 페이퍼로드, 2010), 154~155쪽.

71) 문정왕후(文定王后, 1501~1565): 조선 중종의 왕비로 명종의 모친. 영돈녕부사 윤지임(尹之任)의 딸이다. 열일곱 살인 1517년에 중종의 세 번째 왕비로 책봉됐으며 십칠 년 만인 서른다섯 살에 명종을 낳았다. 중종의 아들 인종이 즉위한 지 8개월 만에 승하한 뒤 12살의 어린 명종이 즉위하자 8년 동안 수렴청정을 했다. 명종이 20세가 되어 수렴청정이 끝난 뒤에도 12년이나 더 권력을 휘둘렀다. 승려 보우(普雨, 1509~1565)를 봉은사 주지로 삼아 불교의 부흥을 꾀했다. 문정왕후의 능호는 태릉(泰陵)으로 서울시 노원구 공릉동에 있다. 1.8km 떨어진 곳에

명종의 능인 강릉(康陵)이 있다.

72)측천무후(則天武后, 624~705): 당 고종의 황후였지만 고종이
승하한 뒤인 690년 국호를 주(周)로 고치고 스스로 황제가 되어
15년 동안 통치했다. 이름은 조(曌). 해와 달이 하늘에 떠 있는
모습으로 비출 조(照) 대신 쓴 측천문자다. 그는 원래 당 태종의
후궁이었는데, 당 태종이 649년에 죽은 뒤 감업사(感業寺)로
출가했다가 651년에 고종의 후궁으로 다시 입궁했다. 고종과
4남2녀를 두었고, 655년에 왕황후와 소숙비 등을 내쫓고 황후가
됐다.

73)황진이(黃眞伊, ?~?): 조선 중종 때 개성 출신의 기녀. 본명은
황진(黃眞)이며 일명 진랑(眞娘)이라고도 전한다. 기명(妓名)은
명월(明月). 15세 경에 옆집 총각이 그녀를 사모하다 상사병으로
죽자 기생이 되었다는 말이 전하나 확실하지 않다. 용모가 매우
아름답고 총명한데다 예술적 재능을 갖춰 그녀와 관련된 일화가
전설처럼 전해진다. 당시 생불(生佛)이라 불리던 천마산의
지족선사(知足禪師)를 유혹해 파계시킨 것으로 유명하다. 반면
화담 서경덕은 사제관계를 맺었다. 박연폭포 서경덕 황진이를
송도삼절(松都三絶)이라고 부른다. 신사임당의 딸이자 율곡
이이의 누나인 이매창(李梅窓), 허균의 누나로 스물일곱 살의
짧은 비극적 삶을 살다 간 허난설헌(許蘭雪軒)과 함께 조선의
최고 여류시인으로 평가받는 그녀가 지은 한시 4수와 시조 6수가
전한다. 황해도 장단군 판교리 남정현 고개에 황진이의 묘가 있다.
도라산 전망대에서 가깝다. 통일이 되고 비무장지대(DMZ)가
없어지면 언제든지 가 볼 수 있는 곳이다. 파주 임진각과 미군
참전비 사이에 황진이 시비가 세워져 있다.

〈황진이의 삶에 대한 시를 쓰고 난 뒤 그녀에 대해 한시를
써봤다.〉
황진이(黃眞伊)/ 如心 홍찬선
慈人愛物香(자인애물향)
詩舞面多觴(시무면다상)
先死名悠久(선사명유구)

悖時增恨長(패시증한장)

사람에 어질고 만물을 사랑하는 향기로
시 짓고 춤춤에 술잔 많이 받아야 하니
몸이 먼저 죽은 뒤 이름만 오래 전하고
때가 어긋나 길고 긴 한 더 키우는구나

74)황진이가 지은 시조.

75)황진이가 지은 시조.

76)황진이가 판서를 지낸 당대 유명한 문인, 소세양(蘇世讓)과
한 때 교유(交遊)하다가 한양으로 떠날 지어 준 한시.
〈봉별소판서세양(奉別蘇判書世讓)〉이란 제목의
오언율시 마지막 미련(尾聯)의 원문은 "명조상별후
정어벽파장(明朝相別後 情與碧波長)"이다.

77)황진이가 지은 시조.

78)황진이가 박연폭포를 노래한 한시 내용을 요약해서
표현했다.

79)황진이가 죽을 때 했다는 유언. 사실인지는 확인되지
않는다.

80)황진이가 죽은 뒤 화담 서경덕이 지은 시조.

81)광주 안씨(?~?); 조선 숙종 영조 때 경상좌도수군절도사를
지낸 손명대(孫命大, 1675~1733)의 부인. 17세기 후반에서
18세기 초에 살았던 것으로 전해지나 구체적인 기록은
많지 않고 밀양과 경상도지역에 〈손병사 어머니〉라는
이야기로 전해지고 있다. 손명대는 1728년(영조4)에 일어난
이인좌(李麟佐)의 난 때 운봉 영장으로서 난을 토벌하는
데 큰 공을 세웠다. 이 공로로 경상좌도수군절도사가

되었으며 훈련도감별장과 선천방어사 등을 거쳐 1733년
제주목사로 임명돼 부임하러 가던 중 강진에서 병사했다.
그의 아들 진민공(鎭民公)과 손자 상룡공(相龍公) 및 그 후손
양석공(亮錫公) 등이 무과에 합격한 무신들이다.

82)홍나래 외, 〈손병사의 어머니, 광주 안씨〉(『악녀의 재구성』
(파주: 들녘, 2017), 31~45쪽)과 황은주, 「손병사 이야기 연구:
밀양 산내·산외면 현지조사 자료를 중심으로」(연세대학교
석사학위논문, 2007) 등을 참고했다.

83)윤심덕(尹心悳, 1897~1926); 호는 수선(水仙).
일제강점기 때 일본 유학을 다녀온 우리나라 최초의 여성
성악가(소프라노). 평양에서 태어나 평양여자고등보통학교와
경성여자고등보통학교를 졸업했다. 강원도 원주와 횡성에서
소학교 선생을 하다 관비유학생으로 일본 도쿄음악학교
성악과를 졸업했다. 1923년 6월, 종로 YMCA에서
귀국독창회를 열었다. 풍부한 성량과 미모를 지닌 최초의
소프라노로서 높은 인기를 모았으나 경제적으로는 어려웠다.
생계를 위해 대중가요를 불렀고 극단 토월회 배우로도
활동했다. 유학시절에 만난 유부남 김우진과의 만남도 많은
억측과 고통을 낳았다. 1926년, 여동생 윤성덕(尹聖悳)이
미국 유학에 떠나는 길을 배웅하기 위해 일본에 간 윤심덕은
닛토(日東) 레코드회사에서 레코드판 녹음을 했다. 예정에 없이
윤성덕의 반주로 부른 〈사의찬미〉가 마지막으로 들어갔다.
8월3일 밤, 김우진과 함께 부산행 배를 타고 이튿날 새벽
두 사람이 실종됐다. 당시 언론에서는 두 사람이 현해탄에
몸을 던진 정사(情死)로 보도했으나, 유언장과 투신 목격자
및 시체를 찾지 못했다. 윤심덕의 죽음 뒤에 〈사의찬미〉가
큰 인기를 끌었다. 윤심덕과 친한 사이였던 극작가
이서구(1899~1981)는 수선이 음반을 취입하러 일본으로 갈
때 경성역에서 이런 대화를 나누었다고 한다. "귀국 선물로 뭘
사다드릴까요?" "취입 잘 하고 돌아올 때 넥타이나 하나 사서
보내줘요." "죽어도 사와요?" "그래. 죽으려거든 넥타이나 사서
부치고 죽어요."(https://namu.wiki/w/%EC%9C%A4%EC%

8B%AC%EB%8D%95).

84) 한소진, 『사의찬미』(서울: 해냄출판사, 2018), 147쪽에서 인용.

85) 노천명(盧天命, 1912. 9. 2~ 1957. 6. 16): 황해도 장연(長淵) 출생. 부친 사망 후인 1919년 경성(京城)으로 이사해 이모 집에서 진명여학교를 다니며 졸업했다(1930). 그해 이화여자전문학교 영문학과에 입학해 재학 중에 〈밤의찬미〉를 『신동아』(1932. 6월호)에 발표하며 등단했다. 졸업한 뒤 〈조선중앙일보〉에 입사했고, 이때 대표작인 〈사슴〉을 발표했다. 〈사슴〉과 〈자화상〉이 실린 첫 시집 『산호림(珊瑚林)』을 1938년에 출판했다. 1941년 8월 조선문인협회 간사가 된 뒤부터 본격적인 친일행위가 시작됐다. 조선 청년들의 적극적인 전쟁 참여를 권유하는 〈님의 부르심을 받들고서〉(1943. 8), 가미가제 특공대로 나가 사망한 조선인들을 추모, 미화하는 〈신익(神翼)-마쓰이오장 영전에〉(1944. 12) 등을 조선총독부 기관지 『매일신보』에 발표했다. 1944년 10월 이전에 발표한 시들을 모은 두 번째 시집 『창변(窓邊)』을 1945년 2월에 출판했는데, 해방 후에 친일시 9편을 삭제하고 계속 출판했다. 1950년 김일성의 남침 때 서울이 공산당에게 점령되자 피난가지 못한 노천명은 임화 김사량 등이 주도한 '조선문학가동맹'에 참가했다. 9.28 서울수복 후 좌익분자 혐의로 체포돼 20년의 실형을 받았으나, 문인들의 구명운동으로 6개월 만에 석방됐다. 석방 뒤 부역혐의를 해명한 〈오산이었다〉와 옥중경험을 다룬 〈영어(囹圄)에서〉 등을 담은 세 번째 시집 『별을 쳐다보며』를 1953년에 출판했다. 1957년 6월16일 재생불능성 뇌빈혈로 쓰러져, 몇 권의 책과 앉은뱅이책상 외에 변변한 가재도구도 없는 손바닥 크기의 낡은 집에서 죽음을 맞이했다. 그의 묘는 경기도 고양시 벽제에 있는 천주교묘지에 언니 노기용씨와 함께 있다.

86) 노천명의 대표 시 〈사슴〉에서 인용.

87)노천명의 시 <자화상>에서 인용.

88)노천명의 시 <이름 없는 여인이 되어>에서 인용.

89)노천명의 시 <고별>에서 인용. 이 시의 뒷부분은 그의 묘비명에
새겨져 있다.

90)김영한(金英韓, 1916~1999. 11. 15); 서울에서 태어나 16세
때 가족을 먹여 살리기 위해 기생이 되었다. 뛰어난 미모에 시, 서,
화, 가무에 능했고 잡지에 수필도 게재해 엘리트 기생으로 이름을
날렸다. 스승 신윤국의 도움으로 일본 유학을 떠났다가, 스승이
조선어학회 건으로 투옥되자 함흥으로 갔다. 함흥 영생여고
교사이던 백석과 운명적으로 만났다. 둘은 서울에 와서 3년 정도
함께 살았지만, 백석 집에서 반대가 심했다. 1939년 헤어진 뒤
다시는 만나지 못했다. 김영한은 3대 요정 가운데 하나였던
<대원각>을 법정스님에게 시주했고, <대원각> 모습 거의 그대로
<길상사>가 됐다. 법정이 김영한에게 준 법명 길상화(吉祥華)에서
절 이름을 지었다. 김영한은 1997년 <창작과 비평사>에 2억원을
기탁해 <백석문학상>을 제정했다. 김영한의 호 자야(子夜)는
백석이 지어준 것이다. 김영한은『내 사랑 백석』이란 책에서
"함흥에 있을 때 서점에서 <<당시선집(唐詩選集)>>을 사서
백석에게 선물하자, 말없이 책장을 한참 뒤적이다 당신 아호를
자야(子夜)라고 지어주겠다"고 밝혔다(김자야,『내 사랑 백석』
(파주: 문학동네, 1995, 1996, 2019), 79~80쪽.) 이는 이태백이
지은 <자야오가(子夜吳歌)>라는 시에서 따온 말이다.

91)백석(白石, 1912. 7.1~1996.1.7.): 평안북도 정주에서
백시박과 이봉우의 큰 아들로 태어났다. 본명은 백기행(白夔行).
해방 후에 그가 좋아했던 일본 시문학가 이시카와
다쿠보쿠(石川啄木)의 石으로 바꾼 것으로 전해지고 있다. 그가
1938년에 발표한 <나와 나타샤와 흰 당나귀>란 시에서 나타샤는
자야 김영한인 것으로 알려져 있다.

92)박경리(朴景利, 1926. 12. 2.~2008. 5. 5): 경남 통영시

명정리에서 출생. 본명은 박금이. 해방되던 해인 1945년,
진주고등여학교를 졸업하고 이듬해 김행도 씨와 결혼, 딸
김영주를 낳았다. 김영주는 훗날 시인 김지하와 결혼했다.
1950년, 수도여자사범대학 가정과를 졸업하고 황해도
연안여자중학교 교사로 재직하던 중 6.25전쟁이 일어나
서울로 피난 왔다. 전쟁 통에 남편이 서대문형무소에
수감됐다가 사망했고, 3년 뒤에 아들도 죽었다. 스스로 겪은
전쟁경험을 다룬 장편소설『시장과 전장』(1965년)으로 제2회
한국여류문학상을 받았다. 1964년부터『토지』를 현대문학에
연재를 시작해 1994년 8월15일 25년 만에 5부16권으로
완간했다. 이화여대에서 명예문학박사를 받았다. 2008년
5월5일, 폐암으로 서거해 통영시 미륵산 기슭에 안장됐다.
금관문화훈장이 추서됐다. 사후에 유고시집『버리고 갈 것만
남아서 참 홀가분하다』가 출판됐다.

93)박경리, 〈옛날의 그 집〉,『박경리 유고시집, 버리고 갈 것만
남아서 참 홀가분하다』(서울: 마로니에북스, 2008. 2019),
16쪽에서 인용.

94)명리 전문가인 청전 박명우 선생은 "을목(乙木)이
병화(丙火)를 보는 사주에, 대중들의 사랑을 많이 받고 인기가
높은 예술가들이 많다"며 "박경리 작가는 사주에 맞게 명작을
많이 쓴 큰 작가로 사셨다"고 풀이했다.

95)박경리, 〈일 잘하는 사내〉,『박경리 유고시집』, 36쪽에서
인용.

96)임윤지당(任允摯堂, 1721~1793): 조선 영, 정조 때의
여성 성리학자. 함흥판관을 지낸 임적(任適, 1685~1728)의
딸이며, 조선 후기 성리학자 녹문 임성주(鹿門 任聖周,
1711~1788)의 누이동생이다. 여덟 살 때 아버지를 여의고 아홉
살 때 청주 근처의 옥화(玉華)로 이사해 열아홉 살 때 원주에
사는 신광유(申光裕, 1722~1747)와 결혼했다. 딸이 난산
끝에 죽었고, 스물일곱 살 때는 남편과 사별했다. 시동생인

신광우(申光祐)의 아들 신재준(1760~1787)을 양자로 들였으나 28세로 죽었다. 가까운 사람들의 잇단 죽음에도 불구하고 어렸을 때 조선후기 5대 성리학자로 명성을 날린 오빠, 임성주에게서 배운 유학을 깊이 연구해 글을 썼다. 그가 죽은 뒤 3년 뒤에 남동생과 시동생이 『임윤지당유고』를 출판했다(1796). 임윤지당은 남성 우위의 조선시대에 남자와 여자는 현실의 처지만 다를 뿐 타고난 성품은 같다고 믿고 이를 실천했다. 정조 서거 후 세도정치로 인한 반동으로 그의 남녀평등 인식은 현실화되지 못했지만, 주희 성리학에 찌든 유학을 새롭게 해석한 선각자로서 새롭게 조명되고 있다.

97)임윤지당, 「마음을 다스리는 잠언」, 『윤지당유고』.

98)최승희(1911. 11. 24~1967. 8.8): 강원도 홍천에서 최준현과 박용자의 딸로 태어났다. 1926년 숙명여자고등보통학교를 졸업한 뒤 오빠인 영화제작자 최승일의 권유로 일본으로 건너가 무용을 배우기 시작했다. 일본 현대무용의 선구자인 이시이 바쿠(石井漠)의 지도를 받고 주역급 무용수로 발탁됐다.1929년에 귀국해 최승희무용연구소를 설립했다. 1931년 문학가 안막(安漠)과 결혼했다. 1933년 3월, 다시 이시이 문하로 들어가 터전을 잡은 뒤 독립했다. 1936년 〈반도의 무희〉란 영화에 출연했고, 이해 말부터 4년 동안 유럽 미국 등 세계무대로 진출했다. 로버트 테일러의 알선으로 헐리우드 영화에 진출하는 것이 논의되다가 태평양전쟁으로 백지화됐다. 중일전쟁과 태평양전쟁으로 전시체제가 형성되면서 일제에 협력했다. 해방 직전에도 중국에서 일본군 위문공연을 하다 베이징에서 해방을 맞이하고, 1946년 5월에 귀국했다. 친일 행적이 문제되자 그해 7월20일, 남편 안막, 오빠 최승일과 함께 월북했다. 월북 후 평양에 최승희무용연구소를 설립했고, 1952년 공훈배우, 1955년 인민배후 칭호를 받았다. 하지만 1958년에 남편 안막이 반당종파분자로 체포된 뒤 취승희무용연구소도 폐쇄됐다. 1967년 숙청되어 가택연금됐다가 1968년8월8일 사망했다.

99)김일엽(金一葉, 1896. 4. 28~1971. 2.1): 평북 용강군

덕동리에서 목사인 김용겸과 어머니 이말대의 5남매 중 장녀로
태어났다. 본명은 김원주(金元周), 불명은 하엽(荷葉).
일엽이란 호는 일본 유학 때 만난 춘원 이광수가 일본 여성작가
히구치 이치요(樋口一葉)의 이름을 따와 지어준 필명이다.
일제강점기 때 여성운동을 한 언론인 시인 수필이며 승려. 다섯
살 때 어머니가, 열일곱 살 때 아버지가, 그리고 동생들도 모두
죽어 고아가 되었다. 외할머니의 배려로 삼숭보통고등학교와
이화학당을 다녔다. 1918년 3월, 이화학당을 졸업하고 이노익과
결혼했다. 남편의 지원으로 일본 닛신여학교에 유학했다.
화가 나혜석, 소설가 김명순 등과 자유연애론과 신정조론을
외치며 신여성운동을 주도했다. 1년 만에 귀국해 1920년2월,
〈신여자〉라는 잡지를 창간했다. 이후 시인과 소설가 및
언론인으로 신여성운동과 관련된 글을 발표하고, 여러 남자들과
만나고 헤어졌다. 1933년 수덕사의 만공(滿空)선사 아래에서
출가했다. 38년 동안 비구니 학당인 견성암(見性庵)에서
참선수행하다 1971년 수덕사 환희대(歡喜臺)에서 입적했다.

100)〈신여자〉 창간사에서.

101)〈신여성〉 1926년 3월호에서.

102)김일엽, 〈나의 정조관〉,『조선일보』(1927. 1.8일자)에서.

103)허난설헌(許蘭雪軒, 1563~1589): 동인의 영수였던
허엽(許曄, 1517~1580)의 딸로 본명은 초희(楚姬). 아버지와
오빠(허성 허봉) 및 남동생(허균)과 함께 '허씨5문장'으로 불렸다.
남자와 여자를 동등하게 대하는 집안 분위기에서 둘째 오빠 허봉이
당시 유명한 시인으로 이름을 날렸던 이달(李達)에게 부탁해
시 짓는 법을 배웠다. 8살 때 〈광한전 백옥루 상량문(廣寒殿
白玉樓 上樑文)을 지었다. 열다섯 살 때 한 살 많은 안동김씨
김성립과 결혼했다. 당시 양반가에서도 여성에게 글을 가르치지
않았던 분위기에서 시어머니는 시 쓰는 며느리를 달갑지 않게
여겨 시집살이가 심한 것으로 알려졌다. 남편도 과거공부를
핑계로 바깥으로 돌며 가정에 소홀했던 것으로 전해진다. 이

와중에 어린 아들과 딸이 죽고 뱃속의 아이마저 유산됐다. 게다가
아버지와 두 오빠가 8년 사이에 잇따라 사망했다. 겹친 스트레스를
견디지 못하고 스물일곱 살에 귀천했다. 400년쯤 뒤에 태어났다면
노벨문학상은 따 놓은 당상 아니었을까. 허난설헌 묘는 경기도
광주시 초월(草月)읍 지월(池月)리에 있다. 남편 김성립 묘 아래에
있으며 허난설헌묘 오른쪽에는 어릴 때 죽은 두 아이 무덤이
나란히 있다. 원래 묘는 오른쪽으로 500여m 떨어진 곳에 있었으나
중부고속도로 건설로 1985년11월24일 현재 위치로 이전됐다.

104)허난설헌의 생가는 경포호 부근의 강릉시 초당동 1-16에 있다.
앞으로는 동해바다가 드넓게 펼쳐지고 뒤로는 대관령을 포함한
태백산맥이 남북으로 굽이굽이 이어져 있는 곳이다.

105)자신의 죽음을 예감한 한시 〈몽유광상산(夢遊廣桑山;
꿈에 광상산에서 놀다)〉의 3, 4구. "부용삼구타(芙蓉三九朶)
홍타월상한(紅墮月霜寒)".

106)홍찬선, 〈허난설헌 묘에서〉, 『꿈-남한산성 100처 100시』
(서울: 문화발전소, 2020), 86쪽에서 인용.

107)신사임당(申師任堂, 1504. 12. 5~1551. 6. 20): 시와
그림 및 글씨에 능했던 예술가. 외가인 강릉 북평촌에서 태어나
자랐다. 신명화(申命和)와 용인 이씨의 딸이며 이원수(李元秀)의
부인이다. 그는 4남3녀를 낳아 길렀다. '작은 사임당'으로 불리는
이매창(李梅窓)은 장녀이자 둘째, 3남 율곡 이이(栗谷 李珥)는
다섯째다. 사임당이란 당호는 주나라 문왕의 어머니인 태임(太任)을
본받는다는 뜻으로 열세 살 때 직접 지었다. 예술인으로서 살아
남성위주의 조선사회에서 독립된 인간으로서의 생활을 개척한
여성으로 유명하다. 사임당은 남편, 이원수가 기묘사화에서
벗어날 수 있도록 한 것으로도 유명했다. 당시 우의정이었던
시당숙 이기(李芑)의 권력욕이 센 것을 꿰뚫어 보고, 남편에게
그 집에 드나들지 말라고 충고했고, 남편이 그 말을 고맙게
받아들인 덕분이었다. 그의 묘는 경기도 파주시 법원읍 동문리에
있는 자운서원(紫雲書院, 사적 525호)의 율곡 이이 가족묘역에

이원수와 합장으로 있다. 그가 강릉 친정 생활을 정리하고
어머니 용인 이씨를 떠나 서울로 가면서 대관령을 넘으며 지은
시 〈유대관령망친정(踰大關嶺望親庭)〉이 율곡 이이가 쓴
〈선비행장(先妣行狀)〉에 수록돼 전한다. 어머니를 그리워하는
마음이 사무친다.

慈親鶴髮在臨瀛(자친학발재임영)
身向長安獨去情(신향장안독거정)
回首北邨時一望(회수북촌시일망)
白雲飛下暮山靑(백운비하모산청)
머리 하얀 어머니 임영(강릉)에 두고
한양 향해 홀로 가는 이 마음
고개 돌려 북촌을 한 번 바라보니
흰 구름 하늘 아래 저녁 산만 푸르구나
〈정옥자, 『사임당전』(서울: 민음사, 2016), 31쪽에서 인용.
번역은 약간 수정함.〉

108)이해인(李海仁, 1945. 6.7~): 본명은 이명숙(李明淑),
세례명은 클라우디아. 천주교 수녀(올레베따노 성 베네딕트
수녀회 소속)로 시와 수필 등의 작품 활동으로 시인으로
유명하다. 강원도 양구에서 이대영과 김순옥의 1남3녀 중
셋째로 태어난 뒤 사흘 만에 세례를 받을 정도로 독실한 천주교
집안에서 자랐다. 6.25전쟁 때 아버지가 납북되는 아픔을
겪었다. 국민학교 5학년 때 지은 동시에 대해 담임선생님이
"누가 써준 것임에 틀림없지?"라고 물었을 정도로 어릴 때부터
글 쓰는 재능이 뛰어났다. 2008년7월에 대장암 진단을 받고
수술했다. 생존확률이 30% 정도라는 어두운 소식이었지만
편안한 마음으로 받아들여 암세포와 사귀며 살았다. 현재 부산
광안리해수욕장에서 가까운 성 베네딕트 수녀원에서 생활하고
있다.

109)덕봉 송종개(德峰 宋種介, 1521~1578): 사헌부 감찰을
지낸 송준(宋駿)의 딸이며 미암(眉巖) 유희춘(柳希春,
1513~1577)의 부인이다. 전남 담양에서 태어났으며, 당시

여성으로는 드물게 덕봉(담양군 장신리에 있는 봉우리)이라는
호를 썼다. 덕봉은 16세에 8살 위인 미암과 결혼했다. 미암은
결혼 뒤인 26세 때 별시문과에 병과로 급제한 뒤 사간원 정언이
됐다. 1546년 을사사화와 이듬해 양재역 벽서사건에 연루돼
제주도와 종성 등에서 19년 동안 유배 생활을 했다. 덕봉은
미암이 종성에서 귀양살이 할 때 해남 시댁에서 시어머니를
모시고 살다가 돌아가자 3년 상을 치렀다. 1560년 40세 때 남편
뒷바라지를 하기 위해 종성으로 찾아갔다.
이 때 지은 한시

〈磨天嶺上吟(마천령상음)〉이 전한다.
行行遂至摩天嶺(행행수지마천령)
東海無涯鏡中平(동해무애경중평)
萬里婦人何事到(만리부인하사도)
三從義重一身輕(삼종의중일신경)
걷고 또 걸어 마천령에 이르니
동해가 끝없이 거울처럼 펼쳐졌네
부인이 어째서 만 리 길을 왔는가
삼종의 도 무겁고 이 한 몸 가볍기 때문

미암은 선조가 즉위한 1567년에 해배돼 대사성 부제학
전라도관찰사 등을 지낸 뒤 이조참판을 지내다 사직하고
낙향했다. 덕봉과 금슬이 좋았던 미암은 덕봉이 51세였던
1571년에 처조카 송진(宋震)을 시켜 덕봉이 지은 시 38수를 모은
『덕봉집(德峰集)』을 내주었다. 안타깝게도 『덕봉집』은 전해지지
않고, 작품 25수가 『미암일기』(보물 260호)에 전하고 있다.
조선대학교 고전연구원에서 2012년에 『미암일기』에 실려 있는
25수를 번역해 『국역 덕봉집』을 출판했다.

110)미암이 1569년 겨울, 승지 때 엿새 동안 집에 못 갔을 때
덕봉에게 보낸 한시; 雪下風增冷 思君坐冷房 此醪雖品下
亦足煖寒腸(설하풍증냉 사군좌냉방 차료수품하 역족난한장).

111)덕봉은 미암에게 이 시를 받은 즉시 다음과 같은

답시를 보냈다. 菊葉雖飛雪 銀臺有煖房 寒堂溫酒受
多謝感充腸(국엽수비설 은대유난방 한당온주수 다사감충장).
참으로 벗처럼 동등한 부부였다.

112)신사임당(1504~1551) 송덕봉(1521~1578)
허난설헌(1563~1589)은 나이는 달랐지만 살던 시기가 겹치는
동시대 사람이었다.

113)평강공주(?~?): 고구려 25대 왕인 평원왕(?~590)의 딸.
언제 태어나서 언제 사망했는지 기록이 없다. 다만 김부식이 쓴
『삼국사기』〈온달열전〉에 평강왕(평원왕)의 어린 딸이라고만
나온다. 평강공주라 하면 평강이 이름이지만, 평강은 아버지인
평원왕의 시호다. 결국 평강공주의 이름은 평강이 아니지만
평강공주로 굳어졌다. 김부식이 온달을 바보로, 평강공주를
울보로 묘사한 것은 극적효과를 노린 '문학적 표현'이라고
할 수 있다. 실제로는 강력해져가는 귀족 세력을 견제하면서
왕권을 강화할 수 있는 인재를 발굴하는 과정이었다. 5가지
측면에서 살펴볼 수 있다. 첫째 평강왕이 온달의 존재를 알고
있었다는 사실이다. 둘째 공주가 왕명을 거스르고 고씨 대신
온달에게 시집가겠다고 고집피운 사실이다. 셋째 공주가
궁을 나서면서 보물을 잔뜩 챙겨갔다는 사실이다. 왕이 정말
화가 났다면 공주를 내쫓을 때 보물을 갖고 가도록 허용하지
않았을 것이다. 넷째 온달이 대형(大兄)이라는 중요한 지위까지
올랐다는 사실이다. 다섯째 온달의 최후와 관련된 사실이다.
평강왕이 죽고 영양왕이 즉위하자 온달은 한강 유역을 침탈한
신라를 정벌하겠다고 상주해 허락을 받았다. 출정하면서
온달은 "계립(鷄立)현과 죽령 이서 지역을 되찾지 못하면
돌아오지 않겠다"고 맹세했다. 그는 아단(阿旦)성에서 신라군과
싸우다 전사했다. 그의 시신이 든 관이 움직이지 않자 공주가
가서 "죽음과 삶이 이미 결정됐으니 돌아가자"고 하자 관이
움직였다. 온달이 스스로 사지로 들어갔다는 점에서 '신라와의
싸움에서는 이겼지만 아군에 의해 피살됐다'는 해석이 나오기도
하지만, 그는 영양왕 즉위 초에 한강유역 회복이라는 평강왕의
숙원을 풀려고 할 정도의 중요한 위치에 있었음을 알 수 있다.

(자세한 것은, 홍찬선, 〈평강공주는 왜 온달에게 시집 갔을까〉,
『공감』, 2020. 5. 25일자. http://gonggam.korea.kr/
newsView.do?newsId=GAJQVeP7UDGJM000) 참조).

114) 필자의 선비(先妣) 한만귀(韓萬貴, 1924~1992)는
일제강점기 때 태어나 6.25전쟁과 보릿고개를 겪으며 3녀3남을
낳아 키웠습니다. 당시의 엄마들은 여성으로서 삶을 누리지
못한 채 오로지 가족과 자녀를 위해 헌신과 희생으로 한평생을
살았습니다. 대한민국의 오늘을 있게 한 우리들 엄마에게
감사드리며 〈한국여성詩史〉를 마무리합니다. 그동안
〈한국여성詩史〉를 사랑해주신 애독자 여러분께 감사드립니다.
2021년 신축년(辛丑年) 흰 소해에는 『여원뉴스』(http://
www.yeowonnews.com/)에서 〈한국여성詩來〉로
독자여러분을 만나 뵙고 있습니다. 많은 관심과 사랑
부탁드립니다.

115) 밀두리(密頭里): 충남 아산시 인주면에 있는 아산만을 끼고
있는 동네.

seestarbooks 016

아름다운 이 나라 역사를 만든 여성들
한국여성 詩史

제1쇄 인쇄 2021. 4. 25
제1쇄 발행 2021. 4. 30

지은이 홍찬선
펴낸이 김상철
펴낸곳 스타북스

등록번호 제300-2006-00104호
주소 서울시 종로구 종로 19 르메이에르종로타운 B동 920호
전화 02-735-1312 팩스 02-735-5501
이메일 starbooks22@naver.com

ISBN 979-11-5795-591-6 03810

ⓒ2021 Starbooks Inc.
Printed in Seoul, Korea

*잘못 만들어진 책은 본사나 구입하신서점에서 교환하여 드립니다.
*이 책은 저작권법에 의해 보호받는 저작물이므로
무단 전재와 무단 복제를 금합니다.